KB093335

서독 이모

박민정

서독 이모

박민정
소설

PIN
021

차례

PIN

021

서독 이모

박민정

그때쯤의 내겐, '남북 데탕트'라는 말이 조금 다르게 들렸다.

삼청동의 한옥을 개조한 세미나실에서 어느 매체학 교수의 강의를 진행했을 때였다. 그는 월터 옹의 『구술문화와 문자문화』를 들고 와 책 표지만을 한참 보여주며 말을 이어갔다. 쓰기와 인쇄는 기억의 부담으로부터 내러티브를 해방시켰다……. 우리는 구술문화시대를 살아보지 않았기 때문에 문자가 없는 사람들의 정신역학이 어떻게 이루어져 있는지 상상하기 힘들다……. 구술문화에서는 기억 가능한 능력 안에서 한 사회의 사고가 모두 결정되는 것이다. 구술문화 속 인간들은 보수적이고 전통적일 수밖에 없다. 할아버지에서 아버지로, 아버지에서 아들로 이어지는 찬양이나 수식이 온존되는 독재 정권이나 권위주의 체제가 구술문화 의식의 잔존이다……. 그는 "요즘 같은 남북 데탕트 분위기에 이런 말은 뭣하지만"이란 말을 자주 했다. 3차 남북정상회담의 성공 이후에 '남북 데탕트'라는 워딩은 언제 사용해도 적합해 보였다.

이모는 내게 "언젠가 꼭 남북통일에 대해 써보았으면 좋겠구나"라고 말했다. 내가 대학원에 막 입학했을 때였다. 2009년의 나는 저런 무성의한 말이 어딨을까, 생각했다. 문학이란 게 뭔지, 소설이 뭔지 다 잊어버린 사람 같았다. 누가 요즘 '남북통일' 같은 단어를 꺼낸다고. 오랜만에 만난 이모가 감 없는 꼰대처럼만 보였다.

독일 현대희곡을 전공한 이모는 내게 자신이 드라마를 습작하던 때에 대해서 말해주었는데, 나는 줄곧 이런 이미지를 떠올렸다. 1987년의 유학생 이모는 대학노트를 들고 다니며 만년필로

희곡을 썼다고 했다. 노트에 한 줄 한 줄 공들여 등장인물의 이름을 쓰고, 지문과 대사를 적어 넣었을 이모……. 그것은 시나 소설을 습작한 노트보다 우스꽝스럽게 느껴졌다. 이모 역시 자신도 젊었을 적에 문청이었노라 지껄이는 늙은이들과 다름없어 보였다. 대학에서 문예창작을 전공하고, 졸업 후 바로 등단해 계속 소설을 써온 내겐 그런 말을 들을 여유가 없었다. 나에게 문청이란 단어는 낭만을 의미하는 단어가 아니었다. 미처 못 가본 아름다운 금잔디 동산 같은 것이 아니었다. 문학은 이기려고 하는 게 아니라는 것이 오래된 신조였으나, 내게 글쓰기는 언제나 과업이었다. 나를 증명할 수 있는 수단이었고 경쟁에서 이길 수도 있는 유일한 도구였다. 그들처럼 한갓진 말을 할 여유가 내게는 한 번도 주어지지 않았다. '남북통일' 따위를 운운하는 이모가 과거를 사는 사람 같아 보였다. 이모는 독일 통일을 현지에서 경험한 사람이기도 했다.

그러고도, 라고 운 떼는 엄마의 말이 기억날 때가 있었다. 내가 어릴 적 엄마는 가끔 이모 흉을 봤다. 1990년 이후였다.

—그러고도, 여전히 전화하면 '서독 이모'야, 라고 하지 않니, 걔는. 독일 이모라고 하지 않고.

삼청동에서, 나는 어쩌면 이모가 그렇게 뜬구름 잡는 소리를 한 것은 아닐지도 모른다는 생각에 사로잡혔다. 나는 전쟁에 대한 공포가 거의 없다시피 한 세대에 속해 있었고, 연일 연내 북한 1인자의 서울 방문이 성사될지도 모른다는 뉴스가 들렸다. 그리고 거의 비슷한 시기에, 이모부가 발견되었다는 소식을 들었다.

대학을 졸업할 무렵에는 다시 학교로 돌아오리라고는 생각하지 못했다. 방만한 교수들은 한심했고 대학원생입네 빼기는 선배들 역시 꼴 보기 싫었다. 소설을 쓰는 일에 제도권 교육은 더 이상 필요하지 않다고 생각했다. 교수들도 전부 그렇게 가르쳤으면서, 어차피 이 판은 될 놈만 되는 거라고. 대학원에 진학한 선배들이 넌지시 일러주는 괴담도 흉흉했다. 교수들은 학부생들을 손님 대접하지만, 대학원생들은 가족 취급한다고 했다. 그러한 가족의 형태는 결코 평화로운 가부장제도 아니었다. 교수들은 으레 대학원생을 동석한 자리에서는 밥값도 내지 않는다고 했다. 학부생일 때는 데면데면하게 지내던 학생에게 돌연 친근하게 굴고, 늦은 밤 연락을 하고, 술자리에서 스킨십을 한다고 했다. 그런 곳에 등록금을 내고 다닌다는 게 믿기지 않았다. 그러나 여느 저녁마다 노트북 앞에 앉아 한 줄이라도 써내고 싶은, 누구도 시키지 않았지만 반드시 그래야만 하는 내게는 대학원에 적을 두는 것밖에 다른 대안은 없다는 것을 나는 짧은 직장생활을 통해 깨달았다. 회사에서 종일 하얀 모니터를 보다가 (더욱이 그때는 주말에도 쉴 수 없었고 5일은 야근했다) 귀가해서 다시 그 하얀 모니터 앞에 마주 앉는다는 것은 엄청난 의지를 요하는 일이었다. 바보들이 넘쳐난다고 욕하던 학교로 돌아가고 싶은 마음이 간절해졌다. 퇴근하며 여기저기 치인 발가락과 발꿈치를 어루만지다 나는 힐을 신지 않아도 되는 곳으로, 화장을 하지 않고 치마를 입지 않아도 되는 좋은 곳으로 돌아가고 싶다고 생각했다. 대학원생들이 전부 그렇지는 않다고 세간에서는 말할지 몰라도, 나에게는 대학원이 정말 이지 도피처와 같았다. 그 누구도 나처럼 무책임한 충동으로 진로를 선택하지는 않을 것 같았다.

그리하여 학부를 졸업하고 1년 후, 대학원에 지원했다. 교수들은 학부 시절 반항을 일삼던 내가 의외라는 듯한 반응을 보였지만 별 이견 없이 합격시켜주었다. 적을 두기로 결심하고 나서도 차마 등록금을 현금으로 낼 수는 없어서 여기저기 자리를 얻어 근로장학생이 되었다. 학보사에 들어가 한 달에 두 번씩 신문을 만들었고, 낮에는 열람실 감독을 했다. 그러느라 선배들과의 세미나에 낄 수 없었고 소설을 쓸 시간조차 나지 않았다. 수업이 끝나고 구내 카페에서 여유롭게 커피를 마시는 대학원생들을 보면 위화감이 들었다. 선배들은 근로장학생은 학교의 히스패닉이라며, 그들이 없으면 대학원 사회는 움직이지 않는다고 위로와 놀림을 번갈아 입에 올렸다. 나는 살면서 가난이라는 것을 체감해본 적이 별로 없었다. 그런데 순전히 대학원생이 되었다는 까닭만으로 가난해져야 했다. 그럴 때마다 가끔 유럽어학과의 교수들이 유학 시절 자신들이 얼마나 비참했는지를 술회하는 장면을 곱씹었다. 학생이자 룸펜 프롤레타리아트로서 존재해야 했던 유학생활. 그러나 그들과 나의 배경은 다르며, 그들이 자랑스러운 장자로서 집안의 적극적인 지지와 후원을 받아 유학을 갔던 1980년대와 지금 역시 다르다는 생각도 곧장 떠올랐다. 대학을 졸업하자마자 결혼한 엄마가 내내 이모를 얼마나 부러워했었는지도…….

대학원에 다니면서야 나는 처음으로, 이모의 박사 학위논문을 찾아보고 싶다는 생각이 들었다. 이모는 내가 다섯 살이었던 1989년에 브레히트의 희곡론으로 박사 학위를 받았다. 1985년, 아직 군사 정권이었던 그때 공산주의자인 브레히트를 연구하겠다고 나선 유학생의 처지는 안전했을까, 잠시 그런 생각도 했다. 나는 이모가 졸업한 대학의 이름을 해외 논문 데이터베이스에서 찾아보았고, 알 수 없는 독일어로 가득한 이모의 논문을 곧 찾아낼 수 있었다. 이모가 1989년에 완성한 논문을 PDF 파일로 내려받을 수 있다는 사실에 잠깐 경이로움을 느꼈다. 독일어 논문을 읽을 수는 없었지만 첫 장에 있는 이모의 친필 서명을 발견한 것만으로 만족했다. 이경희. 이름을 발견했을 때 내게 대학원생은 삿되고도 삿된 캠퍼스 정문 앞 술집이나, 교수가 생선회를 먹는 옆에서 시중을 드는 곳에 있지 않았고, 1989년의 독일, 서독에 있었다. 통일 1년 전의 서독에.

박사과정에 진학하지 않은 내게 남은 것은 다시 직장생활과 글쓰기를 병행하는 삶이었지만, 학부를 갓 졸업했을 때처럼 막막하지는 않았다. 나는 석사과정 중에 등단을 했지만 근로장학생으로 바삐 일하던 시간 동안 소설을 별로 쓰지 못했고, 다행인지 불행인지 원고 청탁도 받지 못했다. 몇 년간 빈 젖만 빠는 작가 신세였다가 대학원을 졸업하고부터 끊임없이 작품을 발표했다. 석사 논문을 쓰던 겨울은 정말이지 불행했지만, 영영 잊을 수 없을 것 같았지만, 하루에도 몇 번씩 사회학과 장 교수의 연구실에 불 질러버리고 싶다는 생각에 사로잡혔었지만, 작품을 발표하고 있다는 기쁨에 그 시절 역시 쉽게 잊어버렸다. 생활비를 벌며 소설을 쓸 수 있는 삶이란 내가 어린 시절부터 줄곧 꿈꿔온 바로 그것이었다. 작품을 한 편 발표할 때마다 이것이 마지막 기회가 아닐까, 조바심이 나고 두려웠지만 견딜 만했다.

등단작을 포함해 작품이 어느덧 여러 편 모이고 작품집을 엮을 무렵, 잊고 있던 대학원 시절이 불쑥 떠올랐다. 2010년, 독일 통일 20주년 기념 세미나. 그때 나는 독문과 수업을 청강하고 있었다. 어느 날 조교가 들어와 오늘 수업은 세미나 참석으로 대체하겠다고 했다. 독일 통일 20주년이라는 제호는 내 관심을 조금도 끌어내지 못했지만 그렇게 자리에 앉게 되었다. 독일에서 온 학자들이 이야기를 할 때마다 무대 한편 부스에 있는 통역사가 빠르게 통역을 했고 청중은 인이어를 통해 그것을 들었다. 독일어 한마디가 채 끝나기 전에 통역사가 끼어드는 방식으로. 나는 잠깐 졸았다. 내겐 충격적이었던 그 말이 들려오기 전까지, 나는 졸다 깨다를 반복하고 있었다.

—독일은 사실상 통일되지 않았으며, 이른바 '통독' 이후의 역사는 동독 지식인들에게는 고통사였습니다.

동독 지식인. 나는 고개를 들어 무대 위 연사를 바라봤다. 트위드 재킷과 스커트를 입은 백발의 노인이 인상을 찌푸린 채 말을 이어가고 있었다.

—자본주의가 이렇게까지 나쁠 수 있으리라고는 아무도 예상하지 못했죠.

이후의 말은 잘 기억나지 않는다. 동독 지식인이라는 말에 나는 단 한 사람을 떠올렸다. 그는 내게서 멀리 있지 않았다. 물론 딱 한 번 얼굴을 보았을 뿐이었지만. 기억이 가물가물한 1990년대 초반, 자양동의 어느 웨딩홀에서.

클라우스.

그게 내가 기억하는 이모부의 이름이었다. 이모부는 동독 출신의 학자였고, 이모와 같은 대학의 물리학과 조교수였다. 그는 이모와 결혼한 지 2년 후 실종되었다.

1990년에 부모님은 뉴스를 틀어놓고 이모 이야기를 했다. 이모는 독일 통일 1년 전 박사 학위를 받았다. 부모님은 통일이 되어 다행이라고 했다. 이제 너희 이모에게도 일자리가 생기겠구나. 부모님의 말대로 이모는 금방 취직을 했다. 한국인 유학생으로서 박사 학위를 딴 것도 대단한데, 대학교수가 된 일은 가문의 광영이라 할 만했다. 조교수로 임용된 이모는 얼마 후 결혼도 했다. 이모보다 세 살 어린, 웃는 얼굴이 선한 남자였다. 이모는 독일에서 한 번, 한국에서 한 번 결혼식을 올렸다. 내가 초등학교에 입학할 무렵이었다. 나는 서울에서 있었던 이모의 결혼식에 참석했다. 난생처음 서양 남자들과 여자들을 봤고, 웨딩드레스를 입은 이모가 마이크를 잡고 유창한 독일어로 인사말을 하는 모습을 봤다. 이모의 남편이 된 사람은 깎아지른 듯한 잘생긴 이마에 둥근 눈망울을 가졌고, 나는 그에게 호감이 갔다. 돌이켜보건대 그가 만약 한국 사람과 다른 생김새를 가졌었다면, 내가 그를 이모부라 부를 수 있었을까. 그는 한국계 독일인으로 1950년대 후반, 중국에 체류한 젊은 부부의 아들로 태어나 동독으로 입양되었다고 했다. 그의 드라마틱한 인생사와 이모부라는 친근한 호칭은 좀처럼 어울리지 않는 느낌이 들었지만 어쨌든 그는 이모의 남편이었다.

—경희 이모 남편은 찾았대?

자라오며 나는 가끔 엄마에게 물어봤었다. 엄마는 무심하게 아니, 대답하다가 내가 고등학생이 될 무렵부터는 혼을 내기 시작했다. 이모의 불행이 심심풀이 땅콩이니? 왜 그렇게 관심을 가져? 그런 말을 들은 이후로는 더 이상 물어볼 수 없었다.

동독 지식인이란 말을 듣는 순간, 턱시도를 입은 젊은 남자가 떠올랐고, 그가 클라우스라는 것을 기억해낸 다음부터 세미나의 내용은 귀에 잘 들어오지 않았다. 뒤이어 몇 명의 연사가 무대에 올랐고 그들은 한결같이 '동독 지식인'으로 소개되었다. 세미나를 주최한 독문과 교수의 맺음말을 들으며 나는 겨우 정신을 차렸고 자료집과 프린트물을 챙겨 가방에 넣었다. 나는 잊고 있었던 것이다. 이모도 서독도 통일 독일도.

2009년 5월, 잠시 귀국한 이모와 상수동의 한

식당에서 만났다. 10년 만의 귀국이었다. 요즈음 젊은이들은 어딜 주로 가냐, 젊은이들이 가는 곳에 가고 싶다는 이모의 말에 나는 인터넷 검색으로 상수동의 캐주얼한 한식당과 합정동의 북카페를 찾아냈다. 이모는 고등학생 시절 서울로 유학을 왔을 때 망원동에 잠시 살았었다며, 변두리 동네가 이렇게 변화했다는 데 놀라워했다. 이모는 진회색 트렌치코트를 입고 있었다. 쌀쌀하긴 했지만 봄 날씨에 그다지 어울려 보이진 않는 옷차림이었다. 이모는 한식당에 30분 늦게 나타났고, 엄마는 샐러드를 집어 먹으며 "역시 시차가 있어"라고 중얼거렸다.

이모는 내게 선물 꾸러미를 건네며, "별것 없다, 요즘 한국 애들이 좋아하는 거라고 해서"라고 말했다. 이모 앞에서는 열어보지 않았다. 집에 와서 보니 핸드크림과 영양제, 화장품이 섞여 있었다. 그중에서도 내 눈길을 사로잡았던 건 손 세정제였는데, 컬러풀한 패키지에 Spülung이라는 글자가 크게 쓰여 있었다. 사전을 찾아보니 '세척'이라는 뜻이었다. 가끔 만나며 느꼈던 이모의 이미

지와 걸맞았다. 이모는 다른 독문과 교수들처럼 친절했고 품위 있었다. 순전히 나의 지독한 편견이겠지만, 독문과 교수들은 하나같이 우아한 분위기를 풍겼다. 친구들과 그것에 대해, 제1세계에서의 오랜 유학생활을 통해 몸에 익어버린 겸손함이 그 분위기의 핵심 아닐까, 이야기한 적도 있었다.

종업원을 부를 때, 딱히 나쁜 의도가 없음에도 습관적으로 반말을 붙이는 엄마와 다르게 이모는 깍듯한 경어를 썼다. 중학생일 적 이모를 만났을 땐 외국인처럼 보이기만 했는데 대학원을 다니며 만난 이모는 동료 같기도 했고 선생 같기도 했다. 당시 나의 대학원생활에 대해 알은체해주기를 바랐으나, 이모는 아무 말이 없었다. 고작 한국 대학의 석사과정에 다니면서 독일에서 수학한 이모에게 동지애를 느껴보려 한 내가 부끄러워지기도 했다. 이모는 "요즘도 소설 쓰니?" 하고 물어왔다. 아직 등단 전이었고 소설에 관해서라면 언제나 날이 서 있는 상태였다. '요즘도'라는 말이 거슬렸다. 나는 오랜만에 만난 이모에게 다소 퉁명스럽게 대답했다.

—그럼요. 항상.

이모는 미소 지으며 "그래, 계속 썼으면 좋겠구나"라고 말했다. 식사를 마치고 합정동의 북카페로 이동할 때, 앞서거니 뒤서거니 하며 걷던 이모는 갑자기 내 옆에 바짝 붙어 "언젠가 꼭 남북통일에 대해서 썼으면 좋겠구나"라고 덧붙였다.

뭐랄까, 나는 그때 정말로 분노했었다.

진회색 트렌치코트를 입은 우아한 이모가, 어디서나 깍듯한 경어를 쓰고 겸손한 표정을 짓는 이모가, 더구나 문학 교수인 이모가 내게 이따위 말을 할 수가 있나, 하고 생각했다. 장난인가, 싶기도 했다. 학부를 졸업하고 1년 만에 쫓기듯 대학원에 들어가서 시간 낭비나 하고 있는 조카가 한심해 보였던 걸까. 타고난 천재도 아니면서 소설을 쓰겠다고 몇 년간 아등바등하는 내가 우스웠던 걸까. 설마 진심이라면, 이모도 내가 흔히 봐온 방만한 교수들처럼, 이제 문학이니 소설이니 남 일이라 여기고 출세에만 신경 쓰는 그런 사람이 되어버린 걸까. 그래서 나에게, 무슨 말 같지도 않은 '남북통일'이란 말을 건넨 걸까.

나는 이모에게 아무런 대답도 하지 않았다. 이모는 눈치 없는 사람처럼 내게 또 질문을 던졌다.

—민족주의에 대해 한국의 젊은이들은 관심이 별로 없지?

남북통일에 이어 민족주의라니, 브레히트를 전공한 이모에 대해 내가 몰라도 너무 몰랐구나, 싶었다. 그때까지만 해도 나는 공산주의자이자 드라마를 혁명의 수단으로 삼은 문화 실천자로서의 브레히트를 전공한 이모라면 당연히 한국의 진보에 가까우리라고 생각했다. 그런데 애국 보수 같은 말을 하고 있다니, 기가 막혔다. 나는 이모에게 대답했다.

—한국에선 민족주의라는 말이 더는 영예로운 말이 아니에요.

그때 이모는 이마를 짚었다. 귓바퀴에 걸린 하얀 머리칼이 툭 흘러내렸다.

—그건 독일에서도 마찬가지란다. 민족주의자라는 말은, 멸칭이지.

나는 어안이 벙벙해 멈춰 섰고, 이모는 엄마의

팔짱을 끼며 아무 일도 없다는 듯 웃었다. 그들이 카페로 들어가는 것을 바라보며 나는 이모의 말을 곱씹어보았다. 2010년의 세미나를 듣기 1년 전이었다. 나는 그 말의 진의를 짐작조차 할 수 없었다.

독일 통일 20주년 기념 세미나가 끝나고 벌어진 뒤풀이에서 독문과 학과장 교수는 와인을 마시다 말고 별안간 화난 듯 말했다.

—오늘 오신 분들은 전부 동독 출신이었다.

나는 수업이든 세미나든 뒤풀이까지 따라가는 일이 결코 내키지 않았지만, 그날은 뭐에 홀린 듯, 아는 사람도 몇 없는 그 자리에 따라갔었다. 교수가 말하는 '동독 출신'이 바로 내 이모부인 클라우스를 말하기라도 한다는 듯 가슴이 뛰었다. 이모가 한국에 온 적도 몇 번 없었지만, 나나 엄마나, 그 누구도 이모에게 이모부의 안부에 대해 물은 적은 없었다. 그가 실종된 후 지금까지 내내. 소식이 있다면 자기가 먼저 말하겠지, 라는 믿음으로 20년 가까운 시절을 침묵했다. 나는 1년 전 보았던 이모의 모습을 떠올리며 그가 실종되었는데도 변함없이 논문을 쓰고 강의를 하고 모국이 아닌 나라에서 삶을 견뎌냈을 이모의 그 막막한 시절을 상상했다. 꼰대처럼 변했다고 느꼈던 걸 생각하니 회한이 더했다. 사랑하는 사람을 잃고도 삶은 지속되어 꼰대가 되는구나. 그렇게 주위 사람들에게 민폐를 끼치는 외로운 할머니가 되어가는 걸까.

엄마는 언젠가 이모부 이야기를 하면서, "그 애 첫사랑이었는데"라고 말했다. 내가 놀라며 나이가 몇이었는데 첫사랑이었겠느냐고 반문하자, 엄마는 고개를 저으며 이모가 한국에서 대학을 다니던 때나 유학 간 이후나 사귄 남자가 결코 한 명도 없었다고 했다.

—사실 학교에 자리를 잡자마자 결혼을 한다고 해서 정말 사랑하는 사람이 맞나, 의심할 정도였어.

그 말을 할 때 엄마는 고통스러운 표정을 지었다. 그런 의심은 언제나 쓸데없다는 걸 알면서도, 라는 말도 덧붙였다. 그건 무슨 말일까, 무슨 뜻

일까, 어린 나는 생각했다. 정말 사랑하는 사람이 맞나, 두 사람의 관계는 진실한가, 타인이 이런 의문을 갖는다는 건 우스꽝스러운 거라고 지금은 생각하지만.

교수는 뒤풀이 내내 인상을 찌푸리며 볼멘소리를 했다. 당시 학교는 폭력적인 구조조정 사태의 한가운데에 놓여 있었다. 전국 사립대학 중 가장 자본 친화적이며 경영 논리에 입각한 방식이라고 사람들은 떠들었다. 박사과정 선배는 술을 마시다 말고, "그래서, 대학이 왜 장사를 하면 안 되는데?" 하고 뇌까렸고, 몇몇 신입생들이 분개하며 "대학이 장사를 하면 안 되죠, 대학인데" 하고 반발했다. 선배와 교수는 눈빛을 주고받으며 쓴웃음을 지었다.

—대학이니까, 장사하면 안 된다. 그런 말은 너무 나이브하지, 우리 기업주의자들에게는.

굴지의 대기업이 재단을 인수한 지 2년째였다. 그날 세미나의 좌장이었던 교수는 민주교수협의회 회장이었다. 재단에서 사람을 붙여 교수의 뒷조사를 했다는 소문이 파다했다. 교수는 "조사한들 뭐 나올 게 있겠냐, 나같이 바람도 못 피우는 인간한테"라며 웃었다. 그러다가도 곧 일그러진 인상으로 이사장 욕을 했다.

—말이 되냐, 우리 학교가 예전부터 문사철로 이름난 학교인데. 우리 학교 애들 이제는 숫자라도 읽게 해주겠다고 그랬단다. 얼마나 모욕적인 말이냐.

교수는 박사과정 선배를 돌아보며 말했다.

—동독 사람들이 그런 심정이었을 거다. 나는 그대로 있는데 내 나라는 서쪽으로 떠나간다.* 우리도 통일이 된다면 아마 남한의 박사 인플레가 해결될 거야. 죄다 김일성종합대학이나 김책공대 가서 뭐라도 한자리하겠지.

몇몇 선배들은 그것이 현실로 닥쳐오기라도 한 양 맥주잔을 부딪치며 환호했다. 처음에 나는 그것이 독문과에서만 통용되는 농담이라고 생각했는데, 따지고 보면 꼭 그런 것만은 아니었다. 나는 스치듯 들었던 교수의 말을 해독할 수 없는 암

* 폴커 브라운Volker Braun의 시, 「소유물Das Eigentum」 중에서.

호처럼 곱씹고 있었다. "서독의 박사 인플레가 해결됐지……."

클라우스와 이모는 직장이 있는 베를린에서 신혼생활을 시작했다. 나는 그들이 살던 베를린의 아파트에 가본 적이 있었다. 이모가 아직 클라우스와 함께 살고 있을 때였다. 초등학생이었던 나는 부모님을 따라 프랑크푸르트행 비행기를 탔다. 도착한 날 프랑크푸르트 중앙역에 있는 비좁은 호텔에서 세 식구가 하룻밤을 잤고, 다음 날 베를린행 비행기로 환승했다. 중앙역에 내리자마자 얼굴에 물을 뿌리듯 사납게 내리는 비와 거리의 노숙자들 때문에 눈살이 찌푸려졌었다. 햇살 한 점 없는 초겨울, 이른 오후인데도 어두컴컴한 하늘이 숨 막혔다. 엄마는 나를 길거리에 세워두고 사진을 찍었다. 비행기 안이 꼭 감옥 같다고 생각하며, 전쟁통 피난길의 어린이처럼 담요를 두르고 내내 꾸벅꾸벅 졸았던 나는 지쳐서 연신 짜증을 냈다. 아버지는 걷다 주저앉은 나를 번쩍 안아 들고 말했다. "곧 서백림에 간다. 좀만 참아라.” 호텔 안에서도 나는 잠든 부모님 곁에서 눈만 깜빡거렸고 엄마가 타준 약을 먹고야 겨우 잠이 들었다.

베를린에 도착해서야 나는 2년 전 이모의 결혼식에서 보았던 잘생긴 이모부, 클라우스를 만날 수 있을 거란 기대에 부풀었다. 나는 왕래하며 친근하게 지내는 사이처럼 그를 불러보았다. 이모부. 엄마에게 몇 번이고 물었다. “이모네 집에 가면 이모부를 만날 수 있어요?” 엄마는 물론이라고, 반복되는 질문에 꼬박꼬박 대답을 해주며 나를 걸렀다. 공항에서 기차를 탄 후 버스로 갈아타고 한참 갔을 때 창밖으로 마중 나온 이모가 보였다. 그때 이모는 짙은 갈색 머리카락을 양 갈래로 땋고, 멋없는 흰색 블라우스와 감청색 치마에 검은 트렌치를 걸치고 있었다. 나는 창밖에 있는 이모에게 손을 세차게 흔들다 그만 멈칫하고 말았는데, 이모의 옆에는 이모부가 아니라 낯선 여자가 서 있었다. 그녀는 마치 우리 가족을 아는 양 반갑게 웃으며 이모를 따라 손을 흔들었다. 두 사람이 서 있던 가로수길 길목이 흐릿하나마 머릿속에 남아 있다. 웃으며 손을 흔들다 곧 굳어진 얼굴로 땅을 내려다보던 여자의 모습도.

결국 지금에 와서야 하는 이야기지만, 그 모든 이야기의 결말을 알고 있는 지금 소급하는 기억일 뿐일지도 모르지만, 그녀를 내가 어떻게 정확하게 기억할 수 있나. 나는 고작 열 살짜리 꼬맹이일 뿐이었고, 베를린에 도착하기까지 초주검이 되어 사람은커녕 사물도 제대로 분간할 수 없었을 텐데. 설령 내가 그때 그녀를 인상 깊게 기억했다고 한들 그 기억이 아직까지 남아 있을 리가 있나.

하지만 나는 이모 옆에 서서 우리 가족에게 손을 흔들었던 그녀를, 서글픈 것 같기도 하고 화난 것 같기도 했던 그녀의 눈빛을 기억하고 있다. 이모 옆에 이모부가 아니라 낯선 여자가 서 있다는 사실에 나는 퍽 실망했다. 우리 가족과 이모, 여자는 함께 트램을 타고 마주 앉았다. 이모가 엄마에게 여자를 소개했다. "이분이 바로……." 다음 말을 나는 듣지 못했다. 그녀가 이모와 어떤 관계였는지는 시간이 꽤 흐르고 나서야 알게 되었다. 여자는 분명 동양 사람의 외모를 지니고 있었지만 한국말은 전혀 할 줄 몰랐고, 그녀가 독일어로 이야기하면 이모가 통역을 해주었다. 간혹 아버지와 영어로 대화를 나누기도 했다. 여자가 불쌍한 아이 바라보듯 나를 봐서 기분이 나빴다, 고도 기억한다. 단지 피곤함에 지쳐 있는 나를 안쓰럽게 본 것일 터였다. 이모는 어린 내게는 여자에 대해 소개해주지 않았고, 부모님도 마찬가지였다. 어른들이 나누는 여러 나라의 말들을 대체로 알아듣지 못해 심통이 난 나는 눈을 감고 앉아 있었다.

그리고 이어지는 기억은 분절적이다. 이모의 아파트에 갔었고, 거기에도 클라우스는 없었다. 거실에 걸려 있는 결혼사진을 올려다봤고, 내 기억 속 이모부의 얼굴과 같다는 걸 확인했고, 어른들이 이야기를 나누는 사이, 라디에이터 위에 걸터앉아 있다가 엉덩이를 데었다. 낯선 여자는 틈틈이 나를 일별했고, 나는 카펫 위에서 잠들었고, 그녀가 현관문을 열고 나가는 소리를 들었다. 찬바람이 훅 몰려왔다.

다음 날 눈을 떠보니 나는 손님방 침대에 엄마와 함께 누워 있었다. 어제 만난 여자는 누구일까, 그런 사람이 실재하기는 했었나, 잠깐 어리둥절했다. 분명 그녀와 같이 있었지만 한마디도 나눠보지 못했으므로……. 이모가 문을 열고 들어와 내 볼을 만지며 "피곤하지? 좀 더 자렴" 하고 다정하게 말했다. 나는 이모에게 물었다.

—이모부는 어디에 있어요?

경희 이모와 클라우스 이모부, 그리고 오래전 베를린에서 만났던 여자. 지금은 그녀가 누구인지 정확하게 알고 있다. 그러나 그런 사람을 무슨 호칭으로 불러야 하는지는 아직도 모른다. 그녀는 클라우스의 여동생이었다. 이모부의 여동생은 나랑 무슨 관계인가. 이모와 부부였을 때의 이모부와, 헤어진 이후의 이모부는 다르므로 그녀와 나의 관계도 그에 따라 달라지는지, 그런 것에 대해 모른다. 애초에 이모와 이모부는 정식으로 헤어진 적도 없긴 했다.

우리 가족은 베를린에서 사흘간 머물렀고, 결

국 클라우스는 보지 못하고 한국으로 돌아왔다. 이모부는 어디에 있어요? 내 질문에 어른들은 아무도 답해주지 않았다. 그날을 떠올릴 때마다 나는 이미 클라우스가 이모를 떠나간 뒤였는지 궁금했다. 언젠가 엄마가 정확히 이야기해주었다. 그때는 아직 실종되기 전이었다고. 클라우스는 출장을 갔을 뿐이고, 우리 가족이 머무르는 시간 동안 함께하지 못해 매우 아쉬워했다고. 그리고 베를린에 돌아와서 이미 한국에 도착한 우리 부모님에게 전화를 걸어왔다고 했다. '작은 꼬마'의 안부도 물었던 것 같다고 어머니는 술회했다.

그 말을 들었을 때의 나는 이미 '작은 꼬마'가 아니었지만, 가슴이 뛰었다. 그의 기억 속에도 흐릿하게나마 내가 자리 잡고 있었다니. 대학 시절 그런 생각을 했다. 결코 이모처럼 고통스럽진 않겠지만, 그처럼 울화통이 터지지는 않겠지만 어쩌면 내 인생도 클라우스를 찾는 여정이었을지도 모른다고. 이모처럼 독문과에 가고 싶다는 생각을 해본 적은 없었다. 그러나 어린 시절에는 내내, 내가 만약 장편소설을 쓴다면 그것은 다름 아닌 클라우스에 관한 이야기일 것이라고 생각해왔다. 그는 입양된 한국계 독일인이었고 지금은 없어진 동독, DDR에서 유년과 청년 시절을 보내고 통일 후 대학에 임용되었으며 한국인 유학생 출신인 이모를 만나 결혼했다. 그리고 2년의 시간이 흐른 후 실종되었다. 그 인생 자체가 나에게는 드라마투르기로 느껴졌고, 또래들 중 이런 인생을 간접 경험한 사람은 아마 없으리라고 생각했다.

처음이자 마지막으로 내 소설에 등장한 클라우스. 대학 1학년 때의 창작 세미나 과제에 '이모부'를 '고모부'로 바꿔서 등장시켰다. 당시에는 그가 동독 출신이라는 사실을 중요하게 생각하진 않았고, 이모가 늘 자신을 '서독 이모'라 부르기에, 소설 속 그는 '서독 고모부'가 되었다. 세미나 시간에 교수는 내게 '독일 고모부'가 아니라 '서독 고모부'여야만 하는 까닭에 대해 물었다. 그리고 독일이 통일된 지도 벌써 10년이나 흘렀다며, 그런 표현은 구태의연한 것이라고 지적했다. (그러나 교수는 짐작이나 했을까, 30년이 흐른 지금도 어떤 사람들에게는 현재 진행형이라는 것을.) 훗날 내 남자친구가 되었던 복학생 선배는 내게 걸멋이 든 것 같다고 했고, 수많은 학우들은 소설을 읽기도 전부터 '서독'이라는 표현 하나만 듣고 "간호사 고모와 광부 고모부야?"라고 물었다.

그 이후로 나는 다시는 클라우스를 소설에 쓰지 않았다. 스스로가 옹졸하게 여겨졌다. 사람들의 지적은 온당한 것이 아닐까. 그들이 나처럼 '서독 이모'를 가지지 않았고 더불어 독일에 관한 어떤 정보도 없다는 사실을 두고 일종의 오만을 부린 건 아니었을까. 소설은 내가 이미 아는 바, 겪은 바를 훌쩍 넘어선다는 사실은 미처 몰랐지만, 내게 그 이야기를 쓸 역량도, 아량도 부족하다는 것은 느끼고 있었다.

클라우스에 대해 생각할 때면 언제나 풀리지 않는 부분이 있었다. 베를린에서 봤던 그의 여동생이었다. 사실 내가 그녀에 관해 기억하는 것이 하나 더 있었다. 그녀가 이모의 신혼집에 함께 살고 있었다는 사실이었다. 카펫 위에서 잠든 나를 그녀가 발견하고 이모에게 나를 가리키는 장면을 잠결에 목격했다. 어, 좀 전에 찬 바람을 끼치며 나갔었는데 언제 다시 돌아온 걸까. 나는 생각했고 곧이어 그녀가 방문을 열고 들어가는 모습을 봤다. 그 집에는 여자의 방이 있었다. 다음 날엔 그녀가 어딘가로 아침 일찍 출근했기에 보지 못했지만. 언젠가 엄마는 이 부분에 대해서도 확인해주었다.

—그래, 2년 동안이나 같이 살았지. 자기 오빠가 없어지고 나서도 한동안 경희 옆에 붙어 있다가, 한 6개월 후인가에 떠났어.

부모님과 이모, 그리고 그 자리에 없었던 클라우스가 모두 한꺼번에 등장하는 나의 이야기에 클라우스의 여동생인 낯선 여자가 등장할 자리는 없었다. 사실 소설이야 얼마든지 각색할 수 있는 것이므로 아예 여자를 지워버릴 수도 있었겠지만, 내게는 그날 하루가 너무나도 중요했다. 고생해서 찾아갔던 베를린, 커다란 라디에이터가 있던 그 집 거실. 이모와 클라우스에 관한 어떤 자유로운 상상 속에서도 그날 하루가 있었다. 그날은 내게 클라우스에 관한 미미한 기억과 정보들

틈에서 디테일을 살려주는 마법 같은 한 줄이었다.

그런데 중요한 등장인물 중 하나인 그녀를 어떻게 해결해야 할지 몰랐다. 클라우스의 여동생이 거기 왜 있었는지. 사실 그들의 신혼집에서 더부살이하던 가난한 형제라 생각해버리면 그만이었다. 실제로 나는 오랫동안 그렇게 믿고 있었다. 클라우스, 나의 이모부가 입양된 한국계 독일인이라는 사실을 퍼뜩 깨닫기 전까지는.

이모처럼, 그리고 이모부처럼, 낯선 나라의 언어를 자유자재로 구사하기는 하지만 나와 같은 아시안의 생김새를 가졌던 여자. 나는 그녀의 이름을 알고 싶었다.

최선을 다하고 최악을 기대하라. 나는 그 말을 외고 다녔다. 브레히트의 번역되지 않은 글들로 석사 논문을 쓰던 때였다. 내 논문의 주제는 '문화 실천과 기능 전환'이었다. 주제를 소화하기 위해서는 독문과 교수의 지도를 받아야 했다. 우리 학교에도 브레히트를 전공한 교수가 있다는 이야기를 들었을 때, 나는 망설임 없이 그를 찾아갔다. 안식년 동안 독일에 가 있다가 귀국한 지 얼마 되지 않은 최 교수는 나를 환영했다. 그에게 경희 이모의 존재를 밝히지는 않았다. 1980년대에 유학한 처지라면 비좁은 커뮤니티 속에서 부대끼고 지냈을지도 모를 일이었다. 둘이 어떤 사이일지도 몰랐고 무엇보다 별달리 중요한 사실로 여겨지지 않았다.

최 교수와 나는 같은 학과 소속이 아니기에 그는 엄밀히 지도교수가 아니라 심사위원 자격으로 내 논문에 참여할 수 있었다. 지도교수로 등록될 수 없는 처지인데도 최 교수는 열성이었다. 그와 나는 비공식적인 연구 미팅을 일주일에 한 번씩 가졌다. 그는 만날 때마다 내게 한두 시간씩 시간을 내주었고 그날의 프로토콜을 작성하게 했다. 교수들을 앞에 두고 발표하는 시뮬레이션을 지시했으며 구하기 힘든 책을 선뜻 빌려주었다. 대학원의 어떤 동료에게도 최 교수만큼 열정적인 지도교수의 사례를 들어본 적 없었다. 연구 미팅을 시작한 첫날부터 나는 대단한 논문을 써낼 수 있으리라는 기대에 부풀어 주변에 자랑을 하고 다녔다. 같은 과 친구들은 독문과 교수에게 지도를 받는다는 사실을 부러워했다. 그래선지 좁은 대학원 내에 내가 최 교수의 애제자라는 소문이 금방 퍼졌다. 어느 날 대학원 로비에서 복사를 하고 있는데 낯선 사람이 다가왔다.

—정우정 선생님 맞죠? 최 교수님 제자.

그와 나는 구내 카페에서 커피를 마셨다. 그는 독문과 박사과정생이었다. 학부 시절부터 과 사정을 빤히 안다는 그는 내게 일러줄 것이 있다고 했다.

—선생님이 최 교수님 제자 한다는 얘길 듣고 과 차원에서 가만히 있을 수가 없어서요.

과 차원이라니, 내가 최 교수의 지도를 받는다는 사실이 뭐가 어때서? 나는 웃음을 터뜨릴 뻔했다. 대학원에 입학한 후 갖가지 유별난 사람을 만났다. 학보를 만들 적에는 새벽에 마감을 하고 있는데 냅다 문을 두드리며 자기 억울함을 들어달라고 호소하는 원생도 있었고, 추레한 차림으로 몇몇 학과의 수업을 쏘다니며 멋대로 청강하는 원생도 있었다. 흔히 연대라는 단어로 퉁치곤 하는 오지랖은 혀를 내두를 정도였다. 나는 내 앞에 있는 이가 그런 식의 오지랖을 부리고 있다고 생각했다. 일면식도 없는 사람을 찾아와서 훈수 두는 것 같아 기분이 나빠졌다. 그는 내 의중은 아랑곳없다는 듯 계속 지껄였다.

—최 교수님 제자 한 명도 없는 거, 왜 그런 줄 아세요? 다 이유가 있어서예요. 지금은 우정 씨에게 잘해주실 테니 제 얘기 납득 안 되시겠지만…….

일어서려는 내게 그는 다급하게 뭔가 더 말했다. "그러다가 큰일 나요." 나는 마지막 말이 걸렸지만 뒤돌아섰다. 대학원에 다른 사람을 음해하고 다니는 치들이 어디 한둘이던가.

최 교수는 꼼꼼하게 논문을 지도해주었다. 그가 빌려준 책을 제때 다 읽지 못하고 반납하는 일이 부지기수였고, 과제로 내준 것을 못 해 가는 일도 더러 있었지만 최 교수는 단 한 번도 화를 내지 않았다. 나는 가끔 나를 찾아왔던 독문과 학생의 말을 떠올렸다. "괴물같이 괴팍한 분이에요."

라는 말, 그 말이 아예 신경 쓰이지 않은 것은 아니어서, 내 눈으로 직접 보고 판단하고 싶은 마음도 있었다. 나는 마치 최 교수를 시험하듯 종종 지각하고 과제를 빼먹곤 했다. 그럼에도 한결같이 화를 내지 않던 최 교수에게, 어느 날 내가 먼저 화를 내고 말았다.

그는 아직 번역되지 않은 브레히트의 저작을 참고문헌으로 쓰라고 지시했다. 그가 과제로 내주는 수많은 영역본에 이미 질려가고 있었다. 본래 학풍대로 문학작품을 분석하는 논문을 썼다면 이런 터무니없는 고생을 하지 않았을 텐데, 후회도 했다. 브레히트의 희곡과 드라마 이론은 이미 국내에 충분히 번역되어 있었지만, 사회학자로서의 연구는 찾아보기 힘들었다. 최 교수는 3년 안에 반드시 번역될 책이라며 내게 원서를 내밀었다. 영역본이 있으니 대조해서 번역하면 된다고 말하는 그에게 나는 화를 냈다.

—선생님, 저는 아, 베, 쎄, 데도 모르는 사람인데 어떻게 독일 책을 봐요?

최 교수는 "문제 될 거 없어, 선생님이랑 같이

독일어 과외했다고 하면 되지" 하고 나를 달랬다. 그때만큼 최 교수가 무책임해 보였던 적은 없었다. 굳이 쥐여주는 책을 어쩔 수 없이 받아 들고 돌아온 나는 한숨을 쉬었다. 나는 그 책의 제목조차 읽어낼 수 없었다.

대학원을 졸업한 후 몇 년 동안 나는 최 교수의 연락을 피했다. 남들은 스승의날마다 찾아뵙고 꼬박꼬박 안부를 여쭌다는데, 내겐 그럴 용기가 없었다. 당연히 논문은 들여다보지도 않았다. 석사 논문이 게재되는 온라인 데이터베이스에서 아무도 내 논문을 열람하지 못하게 하고 싶었으나 그 절차는 매우 까다로웠다. 아주 가끔 내 논문이 인용되었다고 알림이 올 때마다 나는 부끄러워 어쩌지 못하는 처지가 되었다. 한 번씩 그때 꿈을 꾸곤 했다. 모두가 모여 앉은 자리…… 모욕당하던 나와 고함을 지르던 최 교수, 얼굴이 달아오른 여학생들, 흡연구역에 모여 줄담배를 피워대던 동기들.

최 교수 앞에서 처음으로 울던 날, 나는 그에게 질문했다. "왜 저에겐 화를 안 내세요?" 최 교수는 어이없다는 듯 넥타이를 풀며 대꾸했다.

—그런 일이 나 자신에게조차 얼마나 상처가 되는지 이젠 알고 있거든.

그 말을 들을 때에도 나는 최 교수가 진작에 내게 그토록 어려운 과제를 내주지 않았다면, 독일어를 한 글자도 모르는 학생에게 원서를 읽히는 만용을 부리지 않았더라면 내가 모욕받지도 않았으리라고 생각했다. 사실 화를 내야 할 쪽은 최 교수가 아니라 나라고 생각했다.

졸업한 후, 어느 해에 불현듯 스승의날이라는 걸 깨닫고, 남들은 이렇게 하겠지, 하며 유자청 세트와 카네이션을 사 들고 연구실을 찾아갔다. 언제나 '재실' 표식이 되어 있던 연구실 문에 '외출' 표식이 붙어 있었다. 운전 중에도 전화를 받았던 최 교수가 생각나 씁쓸했다. 나는 가져간 것을 연구실 문 앞에 두고 돌아섰다. 그날 밤 최 교수에게 두 번이나 전화가 걸려왔지만 나는 받지 않았다.

나는 논문 공개발표 때 들은 모욕적인 언사들을 잊어버리려고 노력했다. 언젠가부터는 그날의 모든 것을 기억하는 와중에도 그 한마디 말만큼은 까맣게 잊어버려 기억이 나지 않았다. 흡연구역에서 떠들던 학생의 말만 가끔 떠오를 뿐이었다. "최 교수가 얼마나 괴팍한 사람인데…… 우정 씨에게는 안 그러는 이유가 있겠지." 그 말은 내게 악담이 아니었다. 최 교수와 정우정 사이에는 비밀이 있으리라, 는 일부의 추측은 사실 틀린 것도 아니었다.

독일어를 모르는 한국 문학 전공생이 어떻게 브레히트의 번역되지 않은 저작을 이론적 토대로 논문을 쓸 수 있었느냐는, 사회학과 장 교수의 지적은 부당하지 않았다. 독문과의 교수가 지도한 논문은 인문대 대학원 교수나 학생 누구나 참여할 수 있는 세미나에서 발표되어야 한다는 원칙에 따라 그 자리에 섰을 때 나는 이미 예감했는지도 몰랐다. 공개발표 하루 전 그런 꿈을 꾸기도 했다. 세미나실을 가득 메운 독문과 학생과 교수들이 내게 독일어 알파벳을 읽어보라고 명령하는 꿈. 영역본을 엉터리로 번역해서 인용한 논문은 당일이 되어서야 쓰레기처럼 여겨졌다. 분명 내가 쓴 글이지만 나는 거기에서 추방당하고 있었다. 당당하게 자기 논문의 요약본을 들고 발표를 준비하는 학생들 사이에서 나는 숨이 막혔다. 무테안경을 쓴 장 교수의 눈초리가 점점 가늘어질 때 나는 그런 지적이 나오리라는 걸 예상했고, 모두 앞에서 솔직하게 영역본을 참고했노라, 차후에 전면 수정하겠다는 대답을 할 준비를 하고 있었다. 장 교수는 이기죽대며 말을 이어갔다. 창작하는 학생이라면 실기 논문이나 쓸 것이지, 고작 소설깨나 쓴다고 그 실력으로…… 도대체 뭘 믿고 방종한 것인지 모르겠다, 최 교수가 책임질 일이다……. 학생들이 웅성거렸고, 급기야 최 교수가 "뭐가 어쩌고 어째? 이런 씨팔 장 교수 너……" 고함지를 때까지 나는 입을 꾹 다물고 앉아 있었다.

사실 나는 그 순간에도 최 교수가 이성을 잃어서는 안 된다고 생각했다. 장 교수의 모욕에 반응하는 일이야말로 졸렬하다고, 저 혼자 마음껏 지껄이게 내버려두어야 한다고 빠르게 판단했다.

장 교수는 논문에 관한 지적을 넘어 인신공격을 하기 시작했는데, 누구도 말리지 않으니 도를 넘어선 말을 계속 쏟아냈다. 급기야 그 한마디를 듣고 최 교수가 고함을 지르며 자리를 박차고 일어섰을 때, 나는 문득 나를 찾아왔던 독문과 학생의 말을 떠올렸다. "괴물같이 괴팍한 분이에요." "그러다가 큰일 나요."

수많은 학생이 모인 자리에서 그 정도의 언사가 오간 것만으로도 충분히 개망신이었고, 그 이상의 일은 일어나지 않았다. 예컨대 최 교수가 장 교수를 때려눕히거나 하는 일. 그건 내 상상 속에서만 일어나는 일이었다. 그들이 서로 아무리 얼굴을 붉힌대도 나보다 훨씬 더 오랜 시간을 함께 한 동료였다. 정작 화를 버럭 낸 최 교수는 그날 이후로 어땠는지 모르지만 침묵하고 있던 내 분노는 더욱 커져갔다. 사람이 이렇게까지 치졸해질 수 있을까, 싶을 정도로 나는 장 교수에게 억하심정을 가졌다. 논문을 수정하는 시기에 나는 하루에도 몇 번이나 장 교수의 연구실에 불을 지르는 상상을 했고, 적어도 기름이라도 붓자는 데 생각이 미쳐 그의 연구실 쪽 복도를 답사하기까지 했다. 만약 CCTV가 없었다면 무슨 짓이라도 했었으리라, 두고두고 그때를 떠올릴 때마다 생각하곤 했다.

장 교수의 모욕. 언제든지 기억해낼 수 있으리라고 생각했지만, 구체적인 내용은 막상 잊어버렸다는 사실을 깨달았을 때 나는 허탈했다. 우여곡절 끝에 졸업이 결정되고 최 교수의 또 다른 연구실이자 나의 작업실이기도 했던 봉천동 학회실을 정리할 때였다. 최 교수는 자신이 이사로 있었던 학회 사무실 관리를 부탁하며 내게 열쇠를 내주었었다. 그곳에 있었던 오래된 전기포트, 독일에서 공수해 온 질 좋은 물건이라던 그것에 마지막으로 물을 끓이며 최 교수와 나눴던 대화를 다시금 떠올렸다. 그게 나와 최 교수의 비밀이었다.

최 교수가 언제든 학회 사무실을 작업 공간으로 이용하라고 했기에, 나는 학회 보직을 맡은 교수들이 모여 회의를 할 때도 구석에서 소설을 쓰거나 논문 초안을 작성했다. 교수들은 모든 영단어를 독일식 알파벳으로 발음했고, 더러 아예 독일어로 대화를 나누기도 했다. 논문 학기 내내 그런 모습을 배경 삼아 책을 읽고 글을 썼다. 그들은 학회의 중요한 사안을 결정할 때마다 일일이 표결에 부쳤고 보직교수를 추천할 때면 "지난번에는 호남에서 추천되었으니 이번에는 영남에서 추천하지요"라며 공정하려 애썼다. 그런 모습을 구경하는 일은 나쁘지 않았다. 학회의 위기와 독문학의 위기를 함께 논하며 더 이상 독문과에 진학하려는 고등학생들이 없다고 한탄하는 그들을 볼 때면 마냥 신기했다. 교수들에게도 이러저러한 실존적 고민이 있으리라는 것을 실감할 수 있었다.

공개발표를 일주일 앞둔 초겨울 어느 날, 나는 깜짝 놀랐다.

—베를린에 있는 이경희 교수에게 자문을 구해도 좋고요.

나는 학회실에서 발표 자료를 정리하고 있었고, 최 교수는 몇몇 교수들과 함께 회의 중이었다. 그들 독문과 교수들은 연말을 즈음하여 콜로키움을 준비하고 있었다. 최 교수는 회의를 시작하기 전 내게 타 대학 교수들에게 자문비를 이체하는 일을 부탁했다. 콜로키움을 앞두고 최 교수가 내게 이런저런 잡일을 시키는 경우가 많아지자 한 친구는 충고했다. "선생님 버릇 나빠지실 거야, 적당히 모른 척해." 그러지 않아도 최 교수의 일을 충실하게 돕기에는 나도 발표 준비 때문에 나날이 바빴다. 그날은 때로 엿듣곤 했던 교수들의 회의 내용이 귀에 한마디도 들어오지 않았다. 이모의 이름이 나오기 전까지는. 문득 최 교수의 입에서 경희 이모의 이름이 나왔을 때, 나는 가슴이 뛰었다. 잘못한 걸 들키기라도 한 듯 얼굴이 달아올랐고 고개를 들지 못했다. 그러던 중에도 이모에 대해 더 많은 이야기가 나오리라 내심 기대했었는지, 다른 교수들이 고개를 끄덕이며 곧장 다음 화제로 넘어갔을 때 아쉬운 기분도 들었다.

교수들이 돌아가고 학회실에 나와 최 교수만 남았을 때, 나는 그에게 뭐라도 따져 묻고 싶은 기분에 사로잡혔다. 그때까지 나는 이모에 관해, 내가 이경희 교수의 조카라는 사실에 대해 최 교수에게 굳이 밝히고 싶다는 생각을 하지 않았다. 사정을 아는 친구는 내가 이경희 교수의 조카라는 걸 알면 선생님이 더욱 잘 챙겨주지 않겠느냐고 물었고, 나는 그 둘이 만약 젊은 시절 연인 관계이기라도 했으면 어쩌냐고 되물었다. 물론 나는 이모의 남편 클라우스가 그녀의 첫사랑이라는 사실을 잘 알고 있었다. 그 사실이 조금도 중요하지 않다는 것, 그런 정도의 우연을 인맥이라 착각하고 싶지 않다는 것이 내 진심에 가까웠다. 그럼에도 최 교수가 이모를 알고 있다는 당연한 사실을 실감했을 때, 나는 뭔가를 숨긴 듯한 기분이 들었다. 그 기분은 좀처럼 해석되지 않는 브레히트의 한 줄 글을 두고 끝없이 스스로를 자책했던 데에 대한 분노로 바뀌었다. 나는 학회실을 나설 채비를 하는 최 교수에게 물었다.

—선생님, 그러면 제 연구 윤리는요?

최 교수는 눈을 동그랗게 뜨고 나를 쳐다봤다.

—네 연구 윤리는 내가 책임진다고 하지 않았니?

나는 한숨을 쉬며, 발표하기 일주일 전인데 아

직도 2차 텍스트 대출이나 하고 있다고, 지금이라도 전부 엎고 번역된 책으로만 논문을 쓰면 안 되겠느냐고 최 교수에게 재차 물었다. 최 교수는 굳은 얼굴로 그런 건 있을 수 없는 일이라고, 연구 주제와 가장 밀접한 저서를 빼놓고 쓸 수는 없는 노릇이라고 내게 말했다. 독일어도 못하고 더욱이 영어도 못하는 제 생각은 조금도 안 해주시나요? 그런 말이 마음에 맺혔지만 내뱉을 수 없었다. 최 교수는 나의 영어 실력에 대해서는 제대로 알지도 못했다. 최 교수에게 인정받고 싶어서 정작 솔직해야 했던 부분을 감춰온 것은 아니었나 하는 생각에 씁쓸했다.

—발표 앞두고 예민해진 것 같구나. 선생님은, 우정이 네가 누구보다 그 주제에 관해 잘 다루리라고 생각해. 브레히트 역시 문학가이자 실천하는 연구자가 아니었니. 네가 소설을 쓴다는 사실만으로도 너는 브레히트를 다루기 충분한 사람이란다.

그 말을 듣는 순간 나는 '남북통일'에 관해 써보라던 이모의 말이 생각났다.

대학원생들의 유일한 휴식 공간이었던 대학원 앞 벤치는 담배를 피우며 방담을 나누는 학생들로 가득해, 어지간한 사람들의 소식을 사담으로 전부 들을 수 있는 정도였다. 독문과 학생들은 종종 내가 있는 자리에서도 최 교수의 흉을 대놓고 봤다. 내가 듣기에 험담의 내용은 하나같이 치졸했다. 우선 최 교수가 추남에 가깝다는 점을 두고, 어떤 학생은 용모가 훌륭한 다른 교수와 비교하며 지껄이곤 했다. "학자는 자기가 연구하는 사람을 닮아가나봐, 우리 최 교수님은 브레히트처럼 되고 싶었겠지만 여성 편력은 조금도 닮지 못하고 외모만 닮았지." 그 말에 좌중이 웃음을 터뜨렸다. 또 다른 학생은 그 이야기에 이렇게 맞받아쳤다. "선생님은 평생 단 한 명의 여자랑만 잤다잖아, 자기 부인. 유학 시절에 누굴 짝사랑했다는데 그걸 또 아내에게 고백해서 아직도 잡혀 산다지?" 둘러앉은 학생들이 혀를 찼다. 그걸 왜 이야기해, 한심하다는 듯 중얼거리던 학생이 내게 물었다.

—우정 씨는 최 교수님 댁에 가보셨나요? 심부

름하러 가지 않았어요?

나는 그런 적이 없다고 대답했다. 최 교수가 어디에 사는지도 몰랐다. 학생들은 "역시, 우정 씨에겐 심부름 따위 안 시키시는구나" 하며 누가 먼저랄 것도 없이 떠들었다.

—사모님도 못 뵈었겠네요? 굉장한 미인이신데. 두 분이 어떻게 만났다는 줄 아세요? 최 교수님이 길거리에서 헌팅을 했대요. 아카데미 안에서 반려자를 만나기 싫어서, 계급을 뛰어넘는 사랑을 하고 싶어서라나. 그래 봤자 그 시절에 독일에 체류할 수 있는 젊은 사람이 자기랑 뭐 그리 다른 신분이었겠어요. 유학 갈 수 있는 사람이 뭐 얼마나 되었다고. 공부만 잘하는 사람들은 이렇게 앞뒤가 안 맞아.

최 교수는 나에게 그런 이야기를 하지 않았다. 연구 미팅 시간에는 사적인 이야기를 좀처럼 나누지 않았고, 오로지 브레히트에 관한 이야기만 나눌 뿐이었다. 과거에는 최 교수도 학생들 앞에서 자신의 연애담을 떠벌릴 만큼 주책맞은 사람이었던가? 나는 학생들의 험담에 동의하진 않았지만 그 말은 오랫동안 기억했다. "계급을 뛰어넘을 수 있었겠어요, 그 시절 독일에서?"

공개발표 하루 전 나는 최 교수에게 물었다. 별안간 튀어나온 말이었다.

—이경희, 그리고 클라우스를 아세요?

나중에 최 교수는 너무 놀라 찻잔을 떨어뜨릴 뻔했다고, 하마터면 소리를 지를 뻔했다고 그 순간을 회상했다. 최 교수는 어안이 벙벙해 나를 바라봤다.

—네가 경희를 어떻게 아니?

최 교수는 눈을 동그랗게 뜨고 말했다. "네가 경희 조카라니……." 그는 클라우스에 대해서는 아무런 언급을 하지 않았고, 나는 조바심이 났다.

—이모는 지금도 혼자세요.

최 교수는 그건 잘 알고 있다며 고개를 끄덕였다. 최 교수는 유학 시절 자신과 이모가 같은 희곡 창작 스터디에 몸담았다고 말해주었다. 이모가 드라마를 쓴 적이 있다는 사실은 이미 알고 있었다. 다만 창작과는 거리가 멀어 보였던 최 교수도 습작을 했다는 게 조금 놀라웠는데, 두 사람이 서로를 잘 아는 사이라는 건 특별하게 여겨지지 않았다. 다른 학생들도 느끼는 것처럼 나 역시 1980년대에 같은 지역에서 유학한 사람들이라면, 서로를 모를 리가 없다고 생각했다. 놀란 사람은 최 교수였다. 그는 내 얼굴을 새삼스레 찬찬히 뜯어보며 신기해했다.

—경희네 집안이 문사를 굉장히 쳐주는 집안이라고 들었는데, 이런 조카가 있었구나.

그런 이야기는 금시초문이었다. 나는 이모와 최 교수의 학창 시절을 상상했다. 두꺼운 대학노트에 등장인물의 이름을 세로쓰기로 적어 넣고, 대사와 지문을 만들었을 두 사람을. 합평을 하는 날에는 서로를 주역으로 캐스팅해 어설픈 연기를 했을 두 사람을. 나는 그런 것들에 대해 최 교수에게 물었다. 최 교수는 당시 이모가 얼마나 주목받는 학생이었는지, 연구자가 아니라 드라마 작가가 되었어도 이상할 것이 없었다고 말했다. 박사 학위를 받고도 독일에 남았다는 게 얼마나 대단한 일이었는지도. 그러는 내내 그는 클라우스에 대해 한 마디도 꺼내지 않았고, 나도 더 이상

물을 수 없었다. 우리가 처음으로 나눈 사담이었고, 훗날 나는 공개발표 전날 그런 감상적인 사담이나 나누었기 때문에 내가 실패하고 말았던 것이라는 생각으로부터 벗어날 수 없었다. 요컨대 그게 최 교수와 내가 공유한 비밀이었다.

최 교수는 과연 클라우스에 관해 전혀 아는 바가 없는가?

최 교수가 클라우스를 모를 리 없고, 이모의 남편이자 오랫동안 실종 상태로 미궁에 빠진 인물이라는 것 역시 모를 리 없을 텐데……. 나에게 뭔가 숨기고 있다는 생각을 떨치지 못했다. 하지만 그런 생각에만 사로잡혀 있기에는 고되고 지치는 겨울이었다. 대학원 건물은 가뜩이나 언덕배기인 부지에서 가장 경사진 곳에 위치했고, 어느 날은 마을버스를 타고 구불구불 올라가다 그만 화가 났다. 논문을 제본하는 날, 심사위원들의 논문 승인 날인을 전부 받아야 하는 날이었다. 내가 소속된 과의 한 교수는 예전부터 농반진반 자신은 도장을 내줄 수 없다고 말했다. "듣자 하니 독문과 공개 품평회 자리에서 망신을 당했다며?"
작품 합평을 주로 하는 학과 특성상 '공개 품평회'라는 말이 대단한 멸시는 아니었지만 나는 모욕감을 느꼈다. 교수의 말은 "네가 타 과에서 그렇게 학과 망신을 시키고 다녔다며?"라는 말로 바뀌어 꿈에 몇 번이나 나오곤 했다.

마을버스에서 내리며 나는 누구라도 붙들고 한바탕 욕을 하고 싶다고 생각했다. 정말로 도장을 내주지 않는다면 어쩌지, 남들이 들으면 바보 같은 생각이라고 하겠지만 나는 진지하게 두려웠다. 그리고 교수는 정말로 도장을 쉽게 내주지 않았다. 그는 연구실 문 앞에 서 있는 내게 "당장 독문과 교수들 전부의 승낙을 받아 와라, 그래야만 날인하겠다"고 생떼를 썼다. 꿈에서 들은 대로 '네가 학과 망신을 시키고 다녔다며?'라는 말과 별반 다르지 않은 반응이었다. 나는 다른 심사위원들의 날인을 모두 받았으며 독문과 교수회의에서도 긍정적인 평가가 나왔다는 이야기를 반복해야만 했다. 교수는 30분간이나 시간을 끌더니 겨우 날인을 해주었다.

대학원 앞 벤치에 앉아 있는데 찬 바람이 매섭게 볼을 때렸다. 눈물이 흘렀다. 졸업이 코앞이었다. 다시는 학교 쪽으론 머리도 두지 않겠다고 다짐했다. 최 교수에게 전화가 걸려왔다. 세 번이나 받지 않았더니 문자를 보내왔다. '잘 해결되었나? 내 연구실에서 만나지.' 최 교수의 연구실 근처에도 가고 싶지 않았지만 졸업 문제만 처리하고 도망가는 기분이 들어 기별을 보낸 후 연구실로 찾아갔다. 최 교수는 차를 내려주며 다정하게 말했다.

—그동안 수고했다. 선생님은 예나 지금이나 우정이의 글쓰기를 믿는다.

그 말을 듣는데 얄궂은 기분이 들었다. 내가 만약 등단한 소설가가 아니었다면 최 교수의 신임을 받을 수 있었을까? 최 교수 자신이 한때 희곡을 습작하던 문청이 아니었다면 내게 관심이라도 가졌을까? 최 교수는 나를 연구자 제자로 인정한 게 아니라 자신이 과거에 저버린 문청의 환영으로 여기고 있는 건 아닐까? 이 글은 논문이 아니라고, 이런 방식의 글쓰기는 결코 논문식 글쓰기가 될 수 없다며 이기죽대던 장 교수의 얼굴도 떠올랐다. 그중 무엇이 되었든, 졸업은 결정되었다. 이런 식으로 받는 학위가 정당한 것인지 의문이 들었다. 최 교수는 상념에 빠진 나를 찬찬히 뜯어보며 말을 걸었다.

—경희의 조카인데 당연한 것 아니겠니.

최 교수가 끝까지 나를 방어한 까닭 중 하나가 이모와의 관계 때문이었을까? 나는 볼멘소리를 했다.

—경희 이모, 잘 몰라요. 몇 번 뵌 적 없어서.

—우정이는 클라우스에 대해서도 알고 있지?

최 교수는 느닷없이 클라우스 이야기를 꺼냈다. 그때 뜬금없이 나는 '낚였다'란 생각을 했다. 오늘부로 최 교수를 만나는 일도 마지막이리라, 생각했는데, 클라우스라는 떡밥을 던지다니. 최 교수의 요령인지 아량인지 구분할 수 없었다.

—나도 그 사람을 고작 한 번 만났단다. 경희의 독일 결혼식에서. 그러나 결혼생활을 하는 동안 경희는 나에게 그에 관한 이야기를 많이 털어놓았지. 나는 경희의 이야기를 경청했다. 경희가 내

게 특별한 친구여서라기보다는, 우리 둘 다 진작부터 1989년 가을의 동독 혁명에 대해 관심이 많았기 때문이지…….

"늦게 오는 자는 삶이 벌한다." 1992년의 경희가 좋아하던 문장이었다. 클라우스의 신념에 가까운 문장이었지. 두 사람은 1991년에 만났단다. 베를린 대학에 임용된 후였지. 클라우스는 동베를린의 발군의 물리학자였고, 우정이 네가 그것까지 아는지는 모르겠다만, 정당을 만들 정도로 적극적인 정치인이었단다. '오늘 내리는 눈과 함께하는 공화국', 민주사회주의는 그들에게 '내일 내리는 눈'이 아니라 바로 '오늘 내리는 눈'이었다고. 그들 정당의 이름이었지. 당에는 비록 그의 친구들 몇몇만이 가입했을 뿐이었지만 그들의 야심은 대단했다. 통일 당시 마지막까지 남은 인민혁명파였으니까. (이 부분은 조금 설명이 필요하다. '우리는 인민이다'라는 혁명 당시의 구호가 '우리는 하나의 인민이다Wir sind ein volk'로 별안간 변화한 것, 그러니까 민족 문제를 껴안은 채 통일이라는 대안으로 나아가게 만들었던 구호의 바깥에 그가 있었으니, 그는 통일반대 노선이었다.) 경희는 그 사람을 사랑했고, 그의 신념을 존경했다. 동독 민중에게는 불확실한 동독의 민주사회주의의 미래보다 확실한 서독의 자본주의 미래가 더 구체적이었다고. 그것이 서독의 보수 세력에 귀순하는 일이라는 걸 모른 채. 그런 사실을 서독의 유학생인 자신은 알지 못했으며, 독일의 통합 과정은 노동에 대한 신보수 및 신자유주의 헤게모니 관철이라는 조건에서, 그리고 동독에 대한 서독의 총체적 우위 속에서 진행되는 자본주도의 통일이었다는 점은 더더욱 파악하지 못했다고. 경희는 바이마르공화국의 이상을 간직하던 혁명사와 그 비극의 법칙들을 공부했던 자신이 막상 작금의 현실에서 벌어지는 일에 대해서는 무지했다고 반성했다. 그러면서 덧붙였지. 클라우스와 결혼을 결심했다고 친구들에게 전하러 온 날 했던 말이었다. 이 반성이 순정한 것인지에 대해서는 자신이 없다. 난생처음으로 사랑하는 사람을 만나 그의 이념을 단지 흡수하고 있는 건 아닐까?

그러니까, 경희는 그 사람을 정말로 사랑했단다. 그가 동년배의 한국계라서, 그가 물리학자여서, 그가 인민혁명파여서, 그가 통일반대파여서, 그런 조건들이 자신을 사로잡은 건 아니었을까 의심하면서도, 그 반대의 조건들이었더라도 자신은 어쩔 수 없었으리라고, 그가 멍청한 도시 인텔리였더라도, 그가 부패한 당 지도부였더라도, 자신은 그를 사랑했으리라고 말했다. 참고로, 우정이 너가 아는지 모르겠지만 나도 아내와 독일 유학 중 만났단다. 내 아내는 유학생이 아니었고, 노동자였지. 내가 가장 비참하던 시절에 만났다. 나는 오랫동안 내 아내가 노동자였다는 사실에 나의 진정성을 투사하려 애썼단다. 그러니까 가장 비참한 시절에 만난 가난한 여성 노동자를 사랑했다는 사실에. 그러나 살다 보니 한 사람을 영원히 사랑한다는 건 불가능하다는 것도 깨달았단다. 아직 헤어지지 않은 우리 부부는 그래. 그렇지만 경희는 그 사람을 하루도 빠짐없이 지금까지 영원히 사랑하고 있단다.

아, 선생님이 조금 감상적으로 말했구나. 경희 조카에게 경희 이야기를 하자니 마음 깊은 곳에 있었던 이야기가 풀려 나오는구나……. 다만 경희는 그들이 처음 만난 곳이 베를린 대학이 아니었으면 더욱 좋았었겠다고 술회하곤 했다. 형, 가끔은 클라우스가 나를 자본주의자라고 생각하는 것 같아. 수많은 이야기를 괄호 치고 넘어간 말이었지. 경희는 결혼하고 나서도 습작을 했다. 드라마 작가가 되겠다는 거대한 포부가 있었다기보다, 어쩌면 자신이 실천할 수 있는 길은 그것뿐이라고 생각했는지도 모르지. 브레히트가 그랬듯. 나 같은 얼치기는 대충 써서 완성작이라고 제출하곤 했는데, 경희는 언제나 '과정 중'이라고 표현했지. 경희가 쓴 희곡은 결국 단 한 편뿐이었다. 수차례 학인들에게 리딩을 시키고 합평을 받으면서도 그걸 완성작이라고 표현하지 않았단다. 그러다 결혼하고 나서도 몇 년이 지난 후 드디어 완성했다고, 무대에 올릴 방법을 모색해보겠노라고 말했었지. '동맹Bündnis'이라는 제목의 작품이었단다……. 그리고 얼마 지나지 않아 클라우스가 실종되었지.

경희는 그날의 정황을 언제나 바로 오늘 아침의 이야기처럼 전해주곤 했다. 맹세코 나는 그런 경희의 이야기를 성가시다고 생각한 적이 없었단다. 만약 나였다면, 아내를 잃은 나였다면 모든 과업과 일상을 작파하고 죽어버리겠다고 했을 테니까……. 경희는 날마다 출근했고 연구했고 희곡을 습작했고 밥을 지어 먹었단다. 그날의 정황을 생생하게 기억하면서.

11월의 비 오는 아침에 클라우스는 식탁에서 중얼거렸다. 빵이 유독 딱딱하군. 그의 여동생이 투정하지 말고 먹어, 오빠, 받아쳤고 경희는 늘 하던 대로 그에게 버터를 내밀었다. 식탁에서 잡담을 주고받는 일은 거의 없었고 침묵하며 각자 식사를 마치는 것이 그들 가족의 평화였다. 경희는 그 대목에서 늘 미간을 찌푸렸다. 가족의 평화. 평화로운 식사가 끝나고 클라우스는 오늘은 연구실에 출근하지 않고 집에서 쉬겠다고 말했다. 여동생은 "그럼 차는 내가 몰고 가죠"라고 하며 차 키를 받아 갔고 경희는 한 시간쯤 책을 보다가 출근 채비를 했다. 차에 시동을 걸다가 경희는 뭔가 이상하다는 것을 느꼈다. 한 시간 전에 나간 여동생이 그때까지 출발하지 않고 핸들에 머리를 처박고 있었던 것이다. 경희는 차에서 내려 그녀에게 가보려다 곧 마음을 바꾸었다. 저렇게라도 혼자만의 공간이 필요한지도 모른다. 경희는 그렇게 생각했다고 했다. 경희는 그녀가 걱정됐지만 내버려두고 자신의 차를 출발시켰다. 골목을 빠져나갈 때까지 백미러에 남편의 차가 보였다고 했다. 진회색 벤츠가. 경희는 그 장면을 오랫동안 기억하게 된다. 그날 이후 차는 움직이지 않았다.

여동생은 클라우스가 늘 주차하던 자리에 차를 대고 귀가했다. 집에서 쉬겠다고 했던 클라우스는 보이지 않았다. 경희와 여동생은 그가 그저 조금 늦을 뿐이라고 생각했다. 누구나 그렇듯이. 누구나 마지막을 예감할 수 없듯. 경희는 자기가 기억하는 남편의 마지막 말이 "빵이 유독 딱딱하군"이라는 걸 애석하게 여겼다. 클라우스는 아무런 기척도 없이 사라졌고 돌아오지 않았다.

경희와 여동생은 그 이후로도 6개월간을 함께 살았다. 그들의 일상에 클라우스를 찾는 노력이 추가되었지만, 누구도 생업을 포기하지 않았고 날마다 아침식사를 함께했다. 빵을 굽고 버터를 녹이고 쌀밥을 짓고 고깃국을 끓여가며. 경희는 언젠가 그녀가 떠나갈 줄 알고 있었다. 클라우스가 없다면 그녀와 자신의 관계는 아무것도 아니었기에. 그렇지만 여동생이 커다란 트렁크 두 개에 짐을 싣고 현관에서 작별 인사를 할 때, 그제야 전부 망가졌다는 생각이 들었다. 다시는 클라우스가 돌아오지 않을 것 같다는 예감이 그때 들었다고 했다.

클라우스의 여동생은 떠나기 전날 경희와 마주 앉아 처음으로 자신의 내력을 이야기해주었다. 오빠는 중국에 체류하던 한국인들의 아이였지만, 자신은 어디에서 왔는지 모른다고. 오빠와 자신을 입양한 부모조차 그걸 알지 못했다고. 1960년대의 공화국에서 나는 그저 길바닥에 버려진 갓난아기였을 뿐이라고. 내가 노스 코리안인지 사우스 코리안인지도 알지 못한다고. 어쩌면 중국인일 수도, 일본인일 수도 있지만 살아가며 누구도 그 사실을 중요하게 여기지 않았고 누가 뭐래도 오빠와 자신은 친남매였다고.

그 말을 할 때 경희 표정은 자신이 마치 그 여동생이라도 된 듯 결연해 보였단다.

이모가 쓴 희곡의 내용을 나는 알지 못한다. 그러나 간혹 내 머릿속엔 단 한 번도 보지 못한, 실재하지도 않았을 연극의 장면이 펼쳐진다. 이름이 부여되지 않은 등장인물, 이름 대신에 '인민혁명파' '민족주의자'로 불리는 몰개성한 캐릭터들. '오늘 내리는 눈과 함께하는 공화국'의 당원들이 원탁 앞에서 토론을 벌이는 장면, 천장에 달린 모니터에서는 베를린장벽이 무너지는 환희가 방영되고 있고, 그런 장면과 관계없이 여전히 인민혁명파는 토론을 계속하고, 서독의 대학에 임용된 동지에게 비난을 퍼붓고…….

연구실을 나온 후부터 지금까지 몇 년이 흐르는 동안, 나는 종종 자문해보곤 했다. 만약 최 교수가 들려주던 그 이야기를 어릴 적에 이미 들어 알고 있었더라면 클라우스를 소설에 등장시킬 수 있었을까. 이모의 유일한 애인이자 남편으로서 어느 날 갑자기 실종되었다는 것뿐만 아니라 통일에 관련한 장황한 이야기를 이미 알고 있었다면. 클라우스를 만나고 나서 이모가 겪은 혼란과 거듭된 반성까지 내가 차마 짐작해볼 수 있었을까.

그간 썼던 어떤 작품을 돌이켜 봐도, 최 교수가 들려준 이야기만큼의 서사성과 여백을 가진 것은 없었다. 이야기를 듣고 난 후에 여백을 채워야 하는 건 내 몫이었다. 이모 자신과 부모님도 들려줄 수 없었던 이야기. 나는 이야기를 듣는 중간 '동맹'이라는 제목을 붙인 소설을 계획했다. 이모가 쓴 희곡이 무대에서 상연되는 장면으로 시작하는 소설을. 그러자면 1989년의 동독 혁명과 통일 과정, 인민혁명파 이야기를 취재해야 했다. 무엇보다 지금은 없는 DDR에 대해서……. 동독 혁명과 클라우스 실종의 연관성에 대해서.

졸업식을 일주일 앞두고 대출 도서를 반납하기 위해 학교에 갔을 때, 사회학과 장 교수의 제자와 마주쳤다. 그녀는 싱긋 웃으며 말을 걸었다. “선생님, 졸업이세요?” 그 순간 나는 까닭 없이 불쾌해졌고 얼른 자리를 피하고자 걸음을 재촉했다. 그녀가 내 뒤통수에 대고 물었다. “박사과정이세요? 아님 필드에?” 걷는 내내 그 질문이 나를 끈질기게 따라왔다. 내게 필드는 소설을 쓰는 것이었지만 그들이 생각하는 필드는 사회과학을 팔고 사는 현장이었다. 석사과정 내내 알게 모르게 소설을 쓴다는 이유로 비웃음을 당해왔지만 그날만큼 빼저린 적은 없었다. 심지어 장 교수의 모욕을 듣던 순간조차.

그때쯤 내겐 클라우스와 이모의 이야기는 하나의 소재가 되어, 그들이 내 가까운 친척이라는 것을 마치 잊은 듯했다. 졸업생 신분이 되어 학교 도서관을 이용할 수 없어 동네 구립 도서관을 찾기 시작했고, 반나절 책을 읽는 둥 마는 둥 하다 돌아오기 일쑤였다. 『독일 통일의 진실』 『인민혁명에서 민족혁명으로—1989년 동독 혁명에 부쳐』 같은 책들과 「2M; 시장+마르크의 비극」 「분단상태 그대로 통일Getrennt Vereint」 같은 논문을 쌓아두었지만 눈에 잘 들어오지 않았다. 지금이 아니라면 클라우스와 이모의 이야기를 소설로 쓸 수 있는 기회 따윈 찾아오지 않을 것 같았다. 다만 소설을 쓰기 위해 연구자료를 뒤적인다는 것이 내게는 좀 회의적으로 느껴졌다. 독일 통일을 경유하지 않고서는 클라우스의 이야기를 시작할 수 없을 것 같았다. 최 교수가 내게 내준 마지막 숙제이자 족쇄인 듯했다.

사실 관계나 학술적 해석 없이 내게 이야기를 시작할 수 있는 동기는 없을까. 도서관에 앉아 있다 불쑥불쑥 지난 논문심사 현장이 생각났다. 장 교수의 말이 떠오르면 펜을 부러질 듯 쥐었고, 소설을 쓴다는 것이 마치 키를 쓰고 있는 오줌싸개로 보였으리라는 사실을 덤덤히 인정해야 했다. 왜 대다수의 사람들이 창작을 경멸하거나 창작을 궁정풍 사랑하듯 숭배하는 것일까, 란 새삼스러운 고민에 빠지기도 했고 최 교수와 이모에게 창작이란 뭐였을까, 궁금해지기도 했다.

나는 어떤 의무감에 사로잡힌 듯 한 달간 거의 날마다 독일 통일에 관련한 책을 읽었고 기사를 찾아보았다. 몇 달이 지난 후 나는 모 예술재단에 취직을 하게 되었는데, 첫 출근 날 기적처럼 소설의 첫 문장이 떠올랐다. 정확하게는 그 말을 할 만한 인물을 찾게 되었던 것이다. 먼 옛날 베를린의 트램에서 가지런히 손을 모으고 앉아 있던 여자, 클라우스의 여동생이었다. 내 머릿속에서 그녀가 말했다. "늦게 오는 자는 삶이 벌한다."

예술재단에서 내가 하는 가장 중요한 일은 강의 청탁이었다. 학부 시절에도 방학 때마다 예술재단에서 아르바이트를 했기 때문에 그때처럼 쉬운 일일 것이라 짐작했다. 예전에 했던 일은 문서 수발을 하고 서류를 정리하는, 그야말로 잡일이었다. 종종 저명한 인사가 제출한 이력서나 강의 계획서를 훔쳐보는 일은 내게 큰 재밋거리였다. 그러나 계약직으로 취직한 이후에는 그때와 비교할 수 없이 바빴다. 그리고 그때쯤부터 소설 청탁이 때때로 들어왔다. 직장생활과 집필을 병행하느라 내게는 어떤 상념에 빠질 틈도 없었다.

클라우스와 이모에 대해서는…… 계속 첫 단락

Artist
Daria Song

현대문학 × 아티스트 송지혜

<현대문학 핀 시리즈>는 아티스트의 영혼이 깃든 표지 작업과 함께 하나의 특별한 예술작품으로 재구성된 독창적인 소설선, 즉 예술 선집이 되었다. 각 소설이 그 작품마다의 독특한 향기와 그윽한 예술적 매혹을 갖게 된 것은 바로 소설과 예술, 이 두 세계의 만남이 이루어낸 영혼의 조화로움 때문일 것이다.

송지혜 1985년 서울 출생. 이화여대 섬유예술과와 동 대학원 졸업. 경기도미술관, 슈페리어갤러리, 롯데갤러리, 박영덕화랑, 에스플러스갤러리, 가나아트에디션 등 국내외에서 수차례 전시. 컬러링북 『시간의 정원』(2014, 북라이프), 『시간의 방』(2015, 북라이프) 시리즈 미국, 영국, 프랑스, 일본 등 26개국에 판권 수출. 국내 단행본 사상 최고 금액으로 북미 판권 수출. 한국, 미국, 영국, 대만 베스트셀러. 2015년 미국 아마존 <올해의 작가> 선정.

Cabinet of Curiosities, 2019, Ink drawing on cotton paper, 47x48cm

만 썼다 지웠다. 클라우스의 여동생이 자신의 내력에 대해, 심지어 일본인인지 중국인인지 노스코리안인지도 알지 못한다고 진술하는 첫 장면에 관한 길고 긴 부연이었다. 최 교수가 전해준 이야기는 소설을 시작하는 데 영향을 미쳤지만 그 이상도 이하도 아니었다. 아무리 고쳐 써봐도 첫 단락을 넘어가지 못했다. 그러면서도 계속해서 단편소설을 발표했는데, 첫 단락을 지나 두 번째 단락의 첫 문장을 시작할 때면 왜 클라우스의 이야기만 제자리를 맴돌고 있나, 가만히 생각하게 되었다.

예술재단 일은 바쁘기는 해도 재미있었다. 사회생활을 해본 경험이 길지는 않았지만 대학원에서의 이런저런 노동과 학회 조교 등을 했던 일들이 그다지 헛된 건 아니었구나, 생각했다. 학보사에서 했던 일과 여러모로 비슷하기도 했다. 특집 원고를 기획하고 필자를 찾고 청탁했던 일을 했던 것처럼, 강의를 기획하고 연사를 물색했다. 사무실에 드나드는 내 또래 자문위원이 있었는데, 그녀에게 많은 도움을 받기도 했다. 그녀는 일찍

이 프랑스에 유학을 다녀왔고, 이른 나이에 겸임 교수가 된 사람이었다. 어느덧 그녀와 나는 종종 회사 옥상에서 함께 담배를 피우는 사이가 되었는데, 어느 날 그녀가 내게 무심한 듯 물어왔다.

—우정 씨, 독일어를 읽으시겠네요.

나는 당황해 손사래를 쳤다. 옛날 최 교수에게 했던 말대로, "아, 베, 쎄, 데도 모르는데요"라고 그녀에게 변명하듯 말했다. 그녀는 고개를 갸우뚱하며 말했다.

—아, 제가 우정 씨 논문을 찾아봤어요. 독문학 관련이시길래…….

선배들이 가끔 주워섬기곤 했던, '석사 논문을 찾아보는 것은 결례다'라는 말도 떠오르긴 했지만, 그 순간 나는 내가 정말 독일어를 읽을 줄 알았더라면 이렇게 불쾌하진 않았으리라, 생각했다. 그녀의 잘못이 아니라는 건 알았지만 그날 이후로 그녀를 즐거운 마음으로 다시 볼 수 있을지에 대해서 자신이 없었다.

물론 그날 이후에도 그녀와 담배를 피웠고, 종종 박장대소했고, 서로 작은 선물을 주고받기도 했고, 무엇보다 내가 필요할 때 그녀를 찾아 자문을 얻었다. 중간중간 그녀가 내 논문을 찾아봤다는 사실을 잠시 잊었다가, 돌아선 후 생각이 나면 다시 불쾌해졌다.

재단에 입사한 첫해 받은 휴가를 어떻게 보낼까 고민하던 중에, 친구에게 독일 여행을 함께 가자는 제안을 받았다. 나도 몇 번 만난 적 있는 그녀의 친구가 공부 중인 미술학교에 들러보자는 것이었다. 겨울방학을 맞아 기획전을 여는 학교에서 저렴한 가격에 레지던시를 제공한다고 했다. 미술학교는 베를린 체크포인트 찰리 근처에 있었다. 헤아려보니 구동독 지역이었다. 어린 시절 이후 기회가 좀처럼 오지 않았던 독일 여행에 구미가 당겼다. 내게 '서독 이모'가 있다는 사실을 아는 친구는 이 기회에 베를린에 있는 이모도 뵙고 오자고 말했으나, 나는 거절했다. 내가 알기론 이모는 언제나 학교 일로 바빴고, 우리 가족은 살아오는 내내 괜한 신세를 지게 될까봐 부러 독일 여행을 하지 않았다. 이모가 한국에 들를 때나 보면 되는 것이라고 언제나 생각했다. 후에 나는 이모에게 타전하지 않고 베를린에 들렀다는 사실이 그녀에게 얼마나 큰 상실감을 안겨줬는지 전해 듣고 깜짝 놀랐다.

그해 베를린 여행은 내게 어릴 때와 마찬가지로 결국 지독하게 우중충한 날씨와 피로감으로 남아 있다. 다만 도시재생화가 진행된 베를린의 모습에 조금 놀랐는데, 도시의 모습은 제2의 뉴욕이라는 세간의 별칭다웠다. 도처에 전 세계 아티스트의 기획전이 열리고 있었고 도시의 풍경도 세련돼 보였다. 특히 현대적인 감각으로 지은 건물의 디자인, 인테리어를 구경하느라 시간 가는 줄 몰랐다. 미술학교에 다니는 친구의 말로는 젠트리피케이션된 도시답게 이면에는 흔히 DJ나 시인을 참칭하곤 하는 가난한 약쟁이들도 널렸다고 했다. 마포구에 왔을 때 놀라던 이모의 모습이 떠오르던 대목이었다. 베를린은 명실상부 젊은이들의 도시였고 훌륭한 음향 시설을 자랑하는 클럽도 많았다. 세계적인 DJ들이 독일의 클럽에서 명성을 떨친다고 했다. 우리는 잠시라도 클럽에 들러볼까 고민했으나 밤마다 쉽사리 피곤해져 생각을 접곤 했다.

그도 그럴 것이 햇살 한 줌 들지 않는 서유럽의 겨울 날씨에 나는 금세 피곤함을 느꼈다. 옛날 옛적 프랑크푸르트 중앙역에서, 잠투정을 하는 나를 업고, 걸렸던 부모님의 모습이 떠올랐다. 애초에 그다지 외향적인 성격이 아닌 친구와 나는 전시를 보는 일 말고는 거의 일정을 잡지 않았다. 미술학교에서 제공해준 레지던시 스튜디오는 생각보다 안락했다. 작은 다이닝 키친이 있어 마트에서 장을 봐 와 음식을 해 먹었다. 현지 레스토랑에서 파는 독일 음식은 입에 맞지 않아 더러 아시안 푸드를 배달시켜 먹기도 했다. 일주일의 휴가가 그렇게 흘러가고 있었다. 친구는 귀한 휴가를 이렇게 보내도 되겠느냐며 웃었다.

서유럽에서 그토록 훌륭한 문학작품이 많이 배출된 까닭을 알겠다고 친구는 말했다. "이런 날씨라면 자살하거나 소설을 쓰거나 둘 중 하나여야만 할 것 같은데." 우리는 베란다에 서서 오들오들 떨며 담배를 피웠다. 친구의 말을 듣는 순간, 나는 첫 단락만 써둔 소설을 떠올렸다. 클라우스의 여동생이 자신의 내력에 대해 설명하는 장면을. 베를린 일정을 이틀 남겨둔 날 밤 나는 노트북에서 그 소설을 불러왔다. 독일 친구들과 한바탕 왁자지껄 점심식사를 했고, 이른 저녁부터 비가 내린 날이었다. 친구는 휴대용 전기요를 깔고 일찍부터 잠자리에 들었다.

나는 아무런 참고자료도 없고, 인터넷도 안 되는 노트북을 붙들고 두 번째 단락을 시작하려 애를 썼다. 나는 미처 생각하지 못했던 문장을 써내려가기 시작했다. 사실 클라우스와 그의 여동생은 남매가 아니라 사상적 동지이자 사랑하는 사이였다……. 클라우스는 한국 유학생 출신 독문학자인 K와 위장 결혼을 하고 그 집에 애인을 불러들여 동거를 시작했다. K는 이 사실을 몰랐고 상상할 수도 없었다. 그랬기에 간혹 그들의 관계에서 느껴지던 이상한 낌새에도 불구하고 별다른 의심을 하지 않았다. K는 몇 번이고 남편에게 따져 묻는 상상을 했으나 그럴 때마다 도리어 이상한 사람 취급받을 것이 두려워 말을 삼갔다. 의심은 금기였고 K는 남편의 여동생에게 더욱 성의껏

잘하려고 노력했다. 그들이 언젠가 함께 떠나기 전까지 내내.

통일은 거짓이다! 독일은 통일되지 않았다! 베를린장벽은 기만이다……. 소설을 이어 쓰고 난 날 밤 나는 이런 구호가 들리는 꿈을 꿨다. 독일 일정 마지막 날, 구동독 지역의 생활상을 전시한 DDR박물관에 가기로 한 날이었다. 우리는 다른 관광객들과 마찬가지로 베를린 돔 앞에서 기념사진을 찍고 박물관에 입장했다. 베를린 어디에서나 쉽게 볼 수 있는 페인팅한 조각(베를린장벽의 파편이었다)을 그곳 기념품 가게에서도 팔고 있었다. 누군가에게는 열쇠고리가 되고 또 다른 누군가에게는 액자 속 오브제가 될 물건이었다.

DDR박물관에는 명성에 걸맞게 동독의 정치, 경제, 문화사와 일상사가 총망라되어 있었다. SED 정책과 동구권의 붕괴, 통일에 이르는 길을 나열한 아티클에서부터 당시 어린이들의 킨더가든을 재현한 방까지 볼거리가 많았다. 마치 동독의 평범한 가정집을 있는 그대로 보여주겠다는 듯 집한 채를 통째로 재현한 전시관에서는 피임약과 콘돔을 비치한 부부 침실부터 아이들의 공부방까지 체험할 수 있었다. 욕실에 놓인 면도기와 화장품을 보며 나는 순간 모욕감을 느꼈는데, 그 감정의 정체가 뭔지 그날 숙소로 돌아갈 때까지 내내 알 수 없었다.

나는 맹목적으로 DDR박물관의 곳곳을 사진으로 남겼다. 독일어로 쓰인 설명과 목적을 알 수 없는 프로파간다가 쓰인 포스터까지. 그곳 어디에서라도 클라우스의 흔적을 발견하겠다는 듯. 어떤 전시에서도 그렇게 기록에 집착한 적은 없었다. 숙소로 돌아와 카메라를 켰을 때 온통 낯선 언어와 제목을 알 수도 없는 사진들이 찍혀 있는 걸 보고 허탈했다.

그날 밤, 한국에 돌아갈 짐을 전부 꾸려놓고 나는 소설을 이어 썼다. 이모를 화자로 시점을 바꾸었고, 클라우스가 떠나기 전날 밤으로 배경을 설정했다. 소설 속 클라우스는 통일 이후의 독일에 환멸을 느낀다고 토로했다. 동독 출신으로 베를린에서 살아가고 있다는 사실에 모욕감을 느낀다고도 했다. 그 대목을 쓸 때 나는 낮에 DDR박물관에서 느꼈던 까닭 모를 모욕감의 정체를 희미하게나마 깨달았다.

우린 마치 만국박람회에 전시된 부족ethno처럼 벌거벗겨진 채 구경거리가 되어 있는 듯하다. 누구의 침실에나 있는 피임약과 콘돔이, 누구의 욕실에나 있는 면도기와 샤워볼이 왜 전시의 대상이 되어야 하나? 떠나간 내 나라는 이제 관광객들의 추억에 박제되는 한낱 오브제인가? 동독의 프로파간다와 동독의 부패와 동독의 실책이 포르노 화보처럼 전시되어 있고, 부인들이 입었던 옷가지, 아이들이 가지고 놀던 장난감, 학자들의 서재조차 디오라마로 재현되어 있다. DDR박물관은 동독인들을 영원히 추방하는 소외의 공간이다.

클라우스의 말을 듣고 있던 이모는 아무런 대답도 하지 못하고 고개를 떨군다. 이모의 머릿속은 더없는 절망감으로 가득 차 있다. 아무리 이해하려 노력해봐도 그의 입장을 완전히 알 수는 없다는 사실이 이모를 좌절하게 한다. 사실 살아오며 몇 명의 애인이 있었지만, 그들 모두 이모를 기만하고 잔인하게 떠나갔다. 평생 처음 '진정으로' 사랑한 남자의 탄식은 마치 이모 자신을 부정하고 있는 듯하다. 이모는 서독 출신도 동독 출신도 아니거니와, 단지 서독에 온 유학생이었음에도 불구하고 그에게는 이미 '서독의 학자'일 뿐이다. 이 전제를 부정할 수 없다는 사실이 이모를 고통스럽게 한다. 내가 그의 여동생이었다면, 그와 동독에서 함께 '건너왔다면' 어땠을까, 이모는 생각한다.

너에게는 이모의 불행이 심심풀이 땅콩이니, 나는 엄마의 말을 떠올렸다. 두 번째 단락을 넘어서고 나서도 꽤 많은 분량을 단숨에 써버렸지만 더는 이 이야기를 이어 쓸 수 없다는 사실을 깨달았다.

독일에 다녀온 이듬해, 우연히 최 교수에게 나 말고도 다른 제자가 많이 생겼다는 걸 알고 안도했다. 별안간 '최 교수님의 제자 모임'이라는 제하 메신저 단체창에 초대되었고, 여러 학생들의 메

시지가 떴다. "교수님이 이번 주말까지 읽어 오라고 하신 논문 목록입니다" "다음 달에 등산 가실 분들 확정해서 알려주세요". 졸업하고 몇 년이 지나도록 연락을 제대로 받지 않아 최 교수의 근황을 들어보지 못했는데 잘 지내는 듯해 다행이라는 생각이 들었다. 이제 다른 교수들처럼 스터디도 열고, 스승의날에 챙김도 받고 더러 등산 모임을 꾸려 학생들을 괴롭히기도 하고 그러면서 살면 어떨까 싶었다. 여전히 최 교수에게 먼저 연락할 엄두는 내지 못했지만, 오는 연락을 더는 피하지 않아도 될 것 같다는 기분이 들었다. 부모에게나 말고도 다른 자식이 있었더라면, 어린 시절 종종 생각했던 것과 비슷한 감정이었다.

예술재단에서는 가을에 열릴 텍스트 비엔날레를 준비하느라 한창 바빴다. 프로젝트를 맡은 외주 업체와 함께 사흘 동안 삼청동 모처에서 진행되는 강연과 전시를 이끌어갈 강사와 작가들을 섭외했고 자료집을 만들었다. 강연은 자유 주제였지만 '문자' '텍스트'로 회귀하는 내용을 전제로 했다. 석사 논문을 쓰며 참고했던 매체학 논문

들을 검토했고 필자를 강사로 섭외했다. 비엔날레를 준비하는 동안 석사 논문을 들춰 보면서 이 물건이 나를 얼마나 고통스럽게 했었는지에 대해서 별달리 의식하지 않았다. 어느 날 문득 캐나다 학파의 테제를 분석한 책을 꺼내 보다가 번역자의 이름을 발견하고 장 교수를 희미하게 떠올렸을 뿐이었다. 정확히는 "이 역자는 내가 잘 아는 사람인데 아마 이따위 논문에 인용되었다는 것을 치욕스럽게 여길 것"이라고 했던 그의 말이.

퇴근길 지하철에서 최 교수의 전화를 받았을 때도, 방금 전에 성사시킨 재단 일에 대한 기쁨에 젖어 그것이 그의 전화라는 사실을 의식하지 못했다. "어, 우정이가 전화를 받다니, 선생님이 오늘 운 좋은 날이구나!"라는 말을 듣고 퍼뜩 놀랐다. 나는 전화기에 대고 고개를 조아렸다. 그동안 연락을 못 드려 죄송하다는 말과 함께.

최 교수는 오랜만에 얼굴을 보고 싶다고 했다. 그는 그동안 연락 안 받은 것에 대한 미안함이 있다면 그 대신 딱 한 번만 얼굴을 보여달라고 농담처럼 말했다. 나는 평일에는 직장 때문에 시간을

낼 수 없으니 주말에도 가능하시겠느냐고 물었다. 최 교수는 나를 한번 볼 수 있다면 기꺼이 주말에도 연구실에 출근하겠노라 대답했다.

대학원을 졸업하고 몇 년 만에 가보는 학교였다. 내가 한창 석사과정 중일 때 학교는 재단과의 싸움으로 바빴다. 우악스럽고 무분별한 구조조정 때문에 교정에는 날마다 피켓 시위를 하는 학생들로 붐볐다. 흔한 풍경이었다. 대학원 건물 근처인 후문으로 들어서는데 담벼락에 즐비한 대자보와 여전히 피켓 시위를 하는 학생이 보였다. 관심두고 싶지 않았다. 최 교수의 연락을 모른 척했고, 동문회나 동기 모임 같은 델 나가는 것도 내 성격에 맞지 않는 일이었다. 가끔 가다 만나는 대학원 시절 친구들이 학교 이야기를 꺼내려 할 때면 부러 화제를 돌렸다. 내가 학교에 몸담았다는 사실 자체를 잊고 싶었다.

나는 대자보 쪽으로 다가가 내용을 훑어보았다. 금세 학생들이 투쟁하는 대상이 재단이 아니라는 걸 알 수 있었다. 여전히 재단은 기업 논리에 따라 학교를 운영하고, 학교 노조와 학보를 탄

압하고 있겠지만 지금 학생들은 다른 이야기를 하고 있었다. 성범죄 교수들을 제대로 처벌받게 해달라는 내용이었다. 나는 학내 성범죄에 관한 고발이 이어지고 있다는 사실은 모르지 않았지만 관심 가지려 하지 않았다. 내게 대학은 과거의 고통스러운 기억일 뿐이었고 다시 돌아가고 싶지 않은 곳이었다. 그런데 교정에 나붙은 대자보에서 눈을 뗄 수 없었다. 문과대학에 관련한 수많은 교수들의 이니셜이 걸려 있었고, 그들이 누군지 일일이 눈치챌 수 없었지만 단 한 사람의 이니셜만큼은 제대로 알아볼 수 있었다. 사회학과 J. 장 교수를 말하는 것이었다.

머리가 지끈거리고 아파왔다. 신 것을 삼킨 것처럼 눈자위가 욱신거렸다. 장 교수의 연구실에 불 질러버리고 싶다고 생각한 겨울이 어제처럼 떠올랐다. CCTV만 없다면 기름이라도 붓고 나오고 싶다고 진지하게 생각했던 날들이. 나는 교정 가판대에 있는 학보를 집어 들었다. 뒤적여보니 학내 성범죄 사건을 타임라인으로 정리한 기사가 있었다. 사회학과 J 교수의 만행도 거기 낱

날이 적혀 있었다. 나는 대학원 앞에 서서 줄담배를 피웠다. 장 교수가 정직 처리되었지만 파면을 요구한다는 학생들의 목소리가 대자보와 학보에 실려 있었다. 내가 애써 떠올리려 하지 않았던, 아예 잊어버리려 했던 그의 말이 생각났다. "정우정, 최 교수와 무슨 관계이길래 이따위 논문을 발표하고도 졸업 예정자란 말인가?" 최 교수가 욕을 하며 난동을 피우고, 거기 모인 교수와 학생들이 일제히 당황하며 우왕좌왕하던 풍경이 머릿속을 스쳤다. 그때 나는 울고 있었지만, 사실 이렇게 답해주고 싶다고 생각했다.

—교수님께서 학생과 연애하니까 다른 사람들도 다 그렇게 보입니까?

그때도 이미 장 교수에게 박사과정 제자 중 애인이 있다는 사실이 공공연히 알려져 있었다. 나는 그 상대 여학생이 누구인지도 잘 알고 있었지만, 다른 학생들이 그랬듯 모른 척했고 그녀를 어쩌다 마주칠 때면 은근한 마음으로 인사를 했다. 아, 당신이 장 교수의 애인이에요? 내게도 그런 마음이, 그녀를 비웃음과 동시에 장 교수를 비웃고 싶은 마음이 언제나 있었다. 그때가 생각나자 몹시 괴로워졌다. 대학원 내 추문이란 반드시 귀에 들어오기 마련이어서, 그녀가 박사과정을 제대로 마치지 못하고 학교를 그만두었다는 사실이 들려왔다. 크게 놀라지 않았다. 나나 다른 사람들이나 그것을 '추문' 이상으로 여기지 않았던 것이었다.

—학교가 좀 흉흉하지?

연구실에서 마주 앉은 최 교수는 인사도 하기 전에 그 말부터 꺼냈다. 나는 '흉흉'이라는 단어를 입에 올리는 최 교수가 야속했다. "터질 것이 터졌지, 우리 이미 다 알고 있었는데." 그런 말을 하는 것도 원망스러웠다. 나는 대꾸하지 않고 앉아 있었다.

최 교수는 요즘 제자들이 많아져 기쁘다, 연구실이 빌 날이 없다고, 얼마 전에는 집에서 가든파티도 했다고 덧붙였다. 잘 지내시는 모습 보니까 좋네요, 라는 말이 입에 맴돌았지만 비꼬는 것처럼 들릴 것 같아 말하지 못했다. 최 교수는 내 눈치를 살피는 듯하더니 물어왔다.

—혹시 경희랑 연락은 하니?

그때쯤의 이모라면, 연구년을 맞아 반년 전부터 미국에 체류 중이라고 알고 있었다. 이모가 한국에 오지 않는 이상 별다른 소식을 알지 못했다. 최 교수는 이런저런 중요하지 않은 화제를 던지다가 말을 꺼냈다.

—글쎄, 나도 다른 친구에게 들었는데…… 클라우스를 만났다더구나. 얼마 전에.

나는 최 교수의 말에 약간 충격을 받았다. 이모가 클라우스를 다시 만날 수 있으리라는 생각을 한 적이 없었다. 최 교수의 말은 이모가 마치 헤어진 연인을 다시 만났다는 것처럼 들렸다. 클라우스는 내 머릿속에 이국의 협곡에서나 발견될 만한 존재였다. 오래전 그가 실종되었을 때부터 그가 어딘가에 살아 있으리라는 생각을 하지 못했다.

그건 너무 잔인한 생각이기 때문이었다. 몇 년간 함께 살았던 아내에게 단 한 번도 연락하지 않고 살아 있으리라는 생각은. 나는 최 교수에게 물었다.

—그분이 살아 계셨나요?

최 교수는 고개를 끄덕였다.

—나도 전해 들은 이야기지만…… 그래, 그동안 브레멘에 있었다고 하더구나.

내 머릿속에, 외딴 시골 마을에서 오두막을 짓고 농사를 지으며 살아가는 두 남녀의 모습이 스쳤다. 그들은 아시안의 얼굴을 가졌고 독일어로 대화를 나눴다. 차마 내가 소설에 쓰지 못한 장면이었다. 다시는 결혼도 하지 않고 누굴 사랑하지도 않은 채 반쯤 죽은 남편을 기다리던 이모. 한 번도 보지 못했으나, 상상 속에서도 언제나 생생하게 떠오르던, 시퍼렇게 질린 이모의 얼굴을 생각하면 쓸 수 없었던 장면이었다. 나는 최 교수에게 더 이상 묻지 않았다. 클라우스, 오래전에 실종된 이모부가 어딘가에 살아 있었다는 소식은 그저 시체가 발견되었다는 이야기에 불과했다. 나는 이 이야기를 부모님에게 전하지 않았다.

간호사 : 난 당신과 자고 싶어요. 당신의 애를 갖고 싶어요. 제가 염치없는 애길 하고 있다는 걸

알고 있어요. 한데 왜 저를 쳐다보지도 않으세요? 솔직히 말해서 저의 이 간호사 옷이 소름 끼친다는 걸 고백해요. 제 직업이 싫어 죽겠어요. 저는 지금까지 5년 동안이나 환자들을 간호해왔어요. 이웃을 사랑한다는 명분으로 저는 곁눈도 주지 않고 모든 사람들을 위해 희생해왔어요. 하지만 이젠 어떤 한 사람에게만 이 몸을 바치고 싶어요. 항상 다른 사람을 위해서가 아니라 한 사람만을 위해서 살고 싶어요. (……) 저 역시 혼자예요.

세 명의 물리학자 : 미친, 그러나 현명한(뉴턴). 갇힌, 그러나 자유로운(아인슈타인), 물리학자, 그러나 무죄인(뫼비우스).

최 교수의 '현대희곡론'을 수강할 때, 프리드리히 뒤렌마트의 『물리학자들』을 강독했었다. 정신병원에 들어간 두 명의 핵물리학자가 간호사들을 살해하는 내용이었다. 그 작품을 읽을 때 나는 클라우스와 이모를 떠올렸다. 이모가 희곡을 습작할 때, 냉전의 종식을 두 눈으로 바라볼 때 상상한 이야기들은 어떤 것이었을까. 뒤렌마트의 물리학자들처럼 핵무기에 대한 강박을 가진 광기 어린 자들의 이야기는 아니더라도, 결코 희극일 수는 없으리라고 생각했다.

그들 사이에 다른 이야기가 있을 수도 있었다.

이모와 이모부는 처음부터 사랑하는 사이가 아니었다. 이모부와 그 여동생도 의심할 만한 관계가 아니었다. 세 사람은 그저 필요에 의해 결혼과 동거라는 제도를 취했을 뿐이다. 그들은 모두 동등한 학문적 동지였으며, 당시 불안정한 정세에서 일종의 공동체에 속하는 것이 필요했을 뿐이었다…… 같은 이야기.

인민혁명파인 클라우스는 혁명의 결과가 자본주의 민족주의자들의 손에 넘어가는 것을 통탄하며 지켜본다. 그는 자신이 살아남을 길은 무정한 세상과의 타협뿐이라고 생각한다. 자신이 몸담았던 대학이 구서독의 일류 대학으로 통폐합된 후 모교를 잃었지만 2보 전진을 위한 1보 후퇴의 심정으로 교수직에 지원한다. 지금부터 시작될 동독인들의 역사는 고통의 공통사일 뿐이겠지만 그래도 살아남겠다는 심정으로. 자기 모교를 삼켜버린 대학의 교수로 임용된 후, 어느 날 전체 교수회의에서 K를 만난다. 한국인 유학생 출신인 K는 자신과 마찬가지로 막 임용된 교수였고 만나자마자 호감을 표시한다. 자기가 쓰고 있는 희곡에 물리학자들이 나오는데 자문이 필요하다고 했다. 클라우스는 그게 혹시 뒤렌마트의 『물리학자들』 같은 내용이냐고 묻고, K는 고개를 저으며 자신은 지금 동독 혁명에 대한 극을 쓰고 있다고 대답한다. 그 말에 클라우스는 벌컥 화를 낸다.

—당신이 동독 혁명에 대해 아시오? 난 그것을 경험했소.

K는 덜컥 기가 죽어 그러나 자신 역시 그것을 '기억'한다고 대답한다. 돌아서는 클라우스에게 K는 함께 스터디를 하자고 제안한다. 그때 클라우스는 그녀가 사랑에 빠졌다는 것을, 자신으로서는 결코 그 사랑에 화답할 수 없음을 동시에 깨닫는다. 훗날 클라우스는 자신의 진짜 연인에게, 그녀의 제안을 거부하지 못했던 것이 자신의

가장 큰 잘못이었음을 고백한다. 그때의 자신이란 누구와도 사랑할 수 없는 상태였으며 오직 동지만이 필요했을 뿐이라고. K가 자신을 사랑하고 있다는 걸 알면서도 모른 척하고 그녀와 자주 만나 토론하고 공부했으며, 사랑하는 마음과 연대하는 마음조차 구분하지 못하는 K를 지켜보면서도 관계를 그만두지 못했다고. 독일과 한국에서 두 번이나 성대한 결혼식을 올렸고, 자기 여동생과 함께 동거하면서 K와는 포옹 한 번 한 적 없었다고. K는 밤마다 거실에 앉아 한국말로 중얼거렸는데, 그런 모습을 볼 때마다 화가 치밀어 올라 몇 번 고함을 질렀다고. 명석하고 아름다운 K가 망가져가는 모습을 보며 뜻 모를 쾌감이 들었고 그런 자신에게 환멸을 느꼈다고. 그들 사이를 묶어주던 동지로서의 연대감은 온데간데없었고 갈수록 K를 불행하게 만드는 자신의 모습에 익숙해져갔다고. 그리하여 떠날 수밖에 없었노라고.

나는 자신의 고독을 증명하려 하는 클라우스의 시선에서 내용을 전개하다가, 어느덧 광기 어린 여자가 되어 있는 이모를 발견하고 놀랐다. 한 사람의 고독을 증명하기 위해 다른 한 사람은 광인이 될 수밖에 없는 구조를 쓰는 일이 졸렬하다고 생각하면서도 그렇게밖에 쓸 수 없어 괴로웠다.

내가 클라우스와 이모의 이야기를 비로소 완전히 그만두게 되었던 것은, 소설집 발간을 목전에 두었을 때였다. 오랫동안 써보고자 했던 클라우스의 이야기는 김도 쐬지 않은 단편소설들을 엮으면서 앞으로도 영영 그들의 이야기를 감히 소설로 쓸 수 없으리라고 생각했다. 나는 여러 버전의 클라우스 이야기를 외장하드에 저장해두었다. '세상이 모르는 소설들'이라는 제목을 달아서. 그런 행동이 겸연쩍어 나는 외장하드를 서랍 깊숙한 곳에 넣어두었고 다시 꺼내보지 않았다.

어쨌든 내게 '남북 데탕트'라는 말이 어색하지 않았던 까닭은 그해 열린 몇 차례의 정상회담 때문이었다. 몇십 년에 걸쳐 겨우 한 번 개최되던 남북정상회담이 몇 달 사이에 수차례 열리면서 단 한 번도 꿈꿔보지 않았던 평화통일의 이미지를 그려보는 사람들이 늘어났다고 했다. 이모에게 '남북통일'이라는 말을 들었을 때 거부감부터 보였던 나조차도 그랬다. 신문과 뉴스를 보는 사람들은 모두 한 번씩 그런 감상에 젖었으리라는 생각이 들었다. 그때쯤엔 주류 언론에 이런 칼럼이 실리기도 했다. '독일 통일을 참고하며'라는 제목의 글이었다.

> 독일 같은 경우는 베를린장벽이 무너지면서 통일이 왔지만, 통일된 독일은 또 하나의 벽The Second Berlin Wall을 만나게 됩니다. 계층화 현상이 심화되었고 서독화된 독일에서 동독 출신들의 상대적 박탈감은 심해졌지요. 그런 점에서 통일은 민족 전체의 열망이지만 조심스럽고도 신중하게 고민해야 할 것 같아요. 두 개의 주권이 공존하는 남북이라 할지라도 자유로운 교류 협력이 이뤄질 수 있도록. 사람과 물자가 자유롭게 오가는 통일, 평화통일이 중요하지요. 이런 점을 우리 국민들 마음속에 많이 심어두어야 하리라고 생각합니다. 개성공단, 금강산 사업, 투자 등이 남북 사이를 가깝게 만들어줄 수 있는 건 사실이고요. 제일 중요

한 건 통일보다 평화가 먼저라는 것이지요.

통일의 모습, 방법은 여러 가지가 있습니다. 흡수, 무력, 사회적 합의에 의한 통일. 과거에는 흡수통일 프레임을 가장 많이 떠올렸지요. 붕괴된 북한에 개입해서 우리 식 정치·경제·문화를 정착시키는 것. 그런데 그런 식으로 접수될 나라가 아닙니다. 북한을 있는 그대로 보고, 신뢰를 구축하는 것이 중요하지요. 과거의 생각은 북한의 시스템과 주민들을 물상화하여 일방적으로 통일의 모양을 재단하는 것에 불과합니다. 북한의 입장을 고려하는 통일이 이뤄져야겠지요. 점진적으로 신뢰를 구축하다 보면 언젠가 남북한 주민의 국민투표로 통일을 결정할 수도 있겠지요.

미국은 북한에게 비핵화하라고 이야기하지요. 그것은 북한이 갖고 있는 모든 핵시설, 핵물질, 핵탄두, 미사일 이런 것들을 검증 가능하게 폐기하라는 것입니다. 불가역적으로, 영원히. 북한은 미국에게 대신 우리에게 뭘 해줄 수 있냐고 묻죠. 예전부터 이야기해온 것은 군사 위협 멈춰달라, 체제에 대한 위협을 하지 말아달라, 정상국가로 인정해달라는 것이었습니다. 미국 중심의 투자가 북한에 들어가면 그때 가서는 북한 주민들은 체제에 대한 위협을 느끼지 않게 되고, 베트남도 중국도 시장사회주의인데 못 할 게 없지 않나요. 미국은 아직도 신뢰가 부족합니다. 북한이 핵을 포기할 것인지에 대해. 핵무기야말로 김정은과 김정은 체제를 유지해줄 수 있는 가장 중요한 자산인데 북한이 그걸 포기한다는 걸 이해할 수 없다는 것이죠. 경제개발에 역점을 두면 개혁 개방을 할 수밖에 없고 그렇다면 중산층과 시민사회도 생겨날 텐데 이 모든 것이 부메랑이 되어 김정은 체제를 위협하지 않겠냐는 겁니다. 나는 김정은 위원장의 셈법은 다를 수 있다고 봅니다. 개혁개방을 추진해도 체제를 유지할 수 있을 거란 판단이 섰을 수도 있다는 거죠. 자꾸 진의를 의심하는 것보단 믿어보고 협상을 해봐도 되지 않나 싶어요. 한국의 보수층에서도 이건 위장 평화공세 아니냐, 라고 하는데, 북한을 보는 시각을 새롭게 할 필요가 있어요.

텍스트 비엔날레에서 '남북 데탕트'란 조어를 거듭 귀 기울여 들으며, 나는 이모를 생각했다. 클라우스와 이모에 관해 내가 상상한 모든 이야기는 단지 내 상상에 불과했다. 최 교수에게 전해 들은 클라우스의 근황은, 실종된 이후에 독일 브레멘에서 살았다는 것밖에 없었다. 그가 어떤 이유로 이모를 배신했는지, 그간 왜 단 한 번의 연락도 없었는지에 대해서 나는 몰랐다. 미국에 있던 이모가 독일로 건너가 클라우스를 만났다는 소식을 우리에게 알리지 않은 까닭도.

자신이 원하든 원하지 않든 '서독의 학자'이자 '서독의 사람'이라는 것을 비관했던 이모가 왜 자신을 언제나 '서독 이모'라고 소개했는지에 대해서도.

나는 이모의 미국 주소로 소설집을 부쳤고, 곧 이모에게서 답장을 받았다. 클라우스에 관한 이야기는 어디에도 없었다. 지난날 베를린 여행을 왔었다고 들었는데 왜 이모에게 연락을 하지 않았냐, 란 내용이 타박과 함께 길게 적혀 있었다. 내게는 이제 한국의 가족밖엔 가족이라 부를 사람이 없다는 걸 너도 알지 않니, 라는 말에서 서운함이 묻어났다.

정작 사람들이 '남북통일'이라는 단어를 손쉽게 주고받는 시대가 왔는데도 이모는 그런 단어를 쓰지 않았다. 이모는 더 이상 내가 소설을 쓴다는 사실에 관심이 없는지도 몰랐다. 소설집 이야기보다는 나와 가족의 건강에 대해 묻는 내용이 더 많았다. 다만 추신에 최 교수에 관한 이야기가 짧게 언급되어 있어 나는 조금 놀랐다.

'최 형에게 네 이야기를 들었단다. 어디서든 나와의 관계를 밝혀도 좋다. 나는 아무 상관 하지 않는단다.'

켕기는 구석이 있어 최 교수에게 이모와의 관계를 밝히지 않은 것은 결코 아니었으나, 이모로서는 그런 오해를 할 수도 있겠다고 생각했다. 나는 '경희는 오늘날까지 클라우스를 사랑하고 있다'고 한 최 교수의 말을 떠올렸고, 그 말을 의심했다.

최 교수와 다시 만난 지 1년이 지난 후 장 교수의 소식을 들었다. 파면을 요구하는 학생들의 비

상대책위원회에서 끝까지 투쟁했으나 학교는 몇 차례의 공청회를 연 후 정직으로 결론지었다고 했다. 한 학기 정직 후 장 교수는 복직했고 피해자들 중 일부는 장 교수의 수업을 들어야만 졸업이 가능한 상태였기에 2차 피해가 막심했다. 장 교수가 사석에서, "이 모든 일은 진보 교수들을 몰아내기 위한 재단의 계략에 불과하다, 학생들은 거기에 속아 주화입마에 빠졌을 뿐이다"라고 주장했다는 이야기를 나 역시 사석에서 전해 들었다. 가장 친한 지인들에게는 장 교수를 둘러싼 이야기에 대해 언급조차 할 수 없었다. 그들은 내가 일전에 장 교수를 얼마나 저주했는지 익히 알고 있었기 때문이다.

최 교수의 연구실을 나오기 직전, 나는 그에게 따져 물었다. 지금도 그 논문 때문에 마음이 괴롭다고, 왜 깜냥이 안 되는 나를 졸업시키려 애쓰셨냐고. 최 교수는 그때나 지금이나 우정이가 함량 미달이라는 생각을 해본 적 없으며, 그 인간 말종인 장 교수의 악담 때문에 그러는 거라면 봐라, 지금 그 인간의 실상이 드러났잖니, 라며 앞뒤가 안 맞는 말을 했다. 나는 그날의 악담과 지금의 고발은 서로 다른 차원의 일이라고 대꾸하려다가 그만두었다. 대자보에서 장 교수의 이름을 발견했을 때, 내심 다행이라고 생각했던, 그런 울혈진 마음이 내게는 없었나, 생각해보면 차마 자신이 없었다.

그날 최 교수는 지난 몇 년간 미루어왔던 번역 작업을 마쳤다고 했다. 최 교수가 번역한 책은 브레히트의 작품 『소시민의 일곱 가지 죄』였다. 그는 "우정이가 독일어를 배웠더라면 선생님을 좀 도와줄 수도 있었을 텐데"라고 말도 안 되는 소리를 했다.

최 교수의 수업을 들은 첫날, 브레히트의 이론은 지나치게 몽상적이고 현실성이 없다는 학생의 질문에 "그러나 그의 문화 실천 도구인 연극은 아직도 전 세계의 베스트셀러지요"라고 답했던 그가 생각났다. 최 교수가 선물한 책을 받아 들고 나오면서야 얼마 전 발간된 내 소설집을 챙기지 못했다는 사실을 깨달았다. 나는 마음속으로 말했다. 나는 언제나 집에 돌아가지 않은 탕자일 뿐이죠, 당신에게는. 책을 펴보았더니 첫 장에 최 교수의 서명이 들어 있었다.

존경하는 제자 우정에게. 우정이 나의 못다 한 꿈으로 재현되길 바라며, 또 그래야만 하며.

참고자료

* 장정일의 강연 「'오른뺨을 때리면 왼뺨을 내밀라'라는 말이 어떻게 생겨났을까」, 〈세계문자심포지아 2018 : 황금사슬〉, 세계문자연구소 개최, 2018. 10. 7.
* 이해영, 『독일은 통일되지 않았다』, 푸른숲, 2000.
* 문정인 대통령 통일외교안보특별보좌관 인터뷰 「"외교는 불가능을 가능으로 만드는 예술"」, 『대산문화』 2018년 여름호.

작품해설

'쓰기'와 실천적 문학 행위

선우은실

드라마투르기

이모처럼 독문과에 가고 싶다는 생각을 해본 적은 없었다. 그러나 어린 시절에는 내내, 내가 만약 장편소설을 쓴다면 그것은 다름 아닌 클라우스에 관한 이야기일 것이라고 생각해왔다. 그는 입양된 한국계 독일인이었고 지금은 없어진 동독, DDR에서 유년과 청년 시절을 보내고 통일 후 대학에 임용되었으며 한국인 유학생 출신인 이모를 만나 결혼했다. 그리고 2년의 시간이 흐른 후 실종되었다. **그 인생 자체가 나에게는 드라**

마투르기로 느껴졌고, 또래들 중 이런 인생을 간접 경험한 사람은 아마 없으리라고 생각했다. (강조-인용자, 34-35쪽)

「서독 이모」에서 '드라마투르기'라는 단어가 나오는 곳은 한 군데뿐이다. 소설의 화자 '우정'은 서독의 한 대학에서 베르톨트 브레히트의 희곡론으로 박사 학위를 받고 교수직에 임용된 이모('이경희')와, 베를린 장벽이 무너진 즈음 이모와 결혼했으나 2년 만에 자취를 감춘 이모의 남편 '클라우스'의 삶에 관해 전해 듣고는 그것이 "드라마투르기" 같다고 느낀다. '1980-1990년대 혁명'이라는 거대하고 추상적인 역사를 구체적 개인의 역사로 현시하는 그들의 삶 자체와, 주인공 우정이 관심 두지 않았다면 그저 낯설고 무관한 것으로 지나칠 수도 있었던 타인의 삶을 전경화前景化하는 행위는 드라마투르기와 닮아 있다.

드라마투르기란 단어에 유독 눈길이 머물렀던 이유는 「서독 이모」가 한 편의 드라마투르기로 작동한다고 여겨졌기 때문이다. 공간을 기준으로 독일의 '경희-클라우스'의 서사와 한국의 '우정'의 서사로 구분되는 이 소설은 우정의 '쓰기'라는 두 층위의 행위 서사—각각 대학원 재학 시점의 '논문 쓰기'와 그 이후의 '소설 쓰기'—에서 겹쳐진다. 경희-클라우스의 서사는 우정에게 이르러 대학원과 문학(또는 지식인), 통일의 상황 안에서 다시금 해석되는 것이다.

드라마투르기는 작품에 대한 여러 해석 중 하나의 관점을 채택하여 작품에 의미를 구체화하는 비평적 활동이다. 즉 드라마투르기는 하나의 스토리에 대한 비평적 시선 및 연출을 위한 이론적 실천이다. 그렇다면 지성의 장場에서 그 책임을 다하기 위한 우정의 논문 쓰기, 그리고 그녀의 이모와 클라우스의 삶을 주제로 하는 소설 쓰기의 시도는 타인의 삶을 이해하기 위한 드라마투르기라고 보아도 좋겠다.

1990년대 전후前後 독일과 2010년대 후반 한국

이 소설에는 여러 역사·사회·정치적 현안이 포진되어 있다. 클라우스와 그의 여동생을 통해 언급되는 해외 입양의 문제, 동서독 좌파 지식인의 통일 무렵의 행보, 통독 이후 전시되고 대상화되는 동독민 삶의 문제, 2010년대 한국 대학의 기업화, 2018년 남북정상회담과 통일 문제, 한국 대학원 사회 내부의 소모적 관행, 학내 성폭력과 권력의 문제 등이 그러하다. 각 사건을 짚는 것 역시 중요하겠으나 소설의 전반적인 이해를 위해 이 요소들을 크게 아우를 수 있는 1989년 전후 독일과 2010년대 후반 한국의 상황을 간단하게 짚기로 한다.

독일이라는 공간 속 서사의 주인공은 좌파 지식인이었던 우정의 이모 경희와 그의 남편 클라우스이다. 우정은 이모의 삶을 경유하여 클라우스에 초점을 맞춘다. 과거 경희와 베를린에서 함께 희곡을 공부했던 독문과 최 교수의 말에 의하면 클라우스는 "동베를린의 발군의 물리학자"였으며 "통일 당시 마지막까지 남은 인민혁명파"(61쪽)였다. 그는 신자유주의에 포섭된 서독에 흡수 통일되는 것은 곧 "자본 주도의 통일"(62쪽)임을 주장하는 통일반대 노선이었다고 서술된다. 이러한 클라우스에 대한 정보는 후일 우정이 소설「동맹」을 집필하는 것 그리고 "남북 데탕트"(95쪽)로 지시되는 한국 통일이라는 책무에 겹쳐진다.

이러한 독일-한국의 상황적 유사성을 고려하여 '동독 혁명'을 보자. '동독 혁명'은 1989년 가을 베를린장벽이 무너지기 직전 동독의 사회주의 체제를 비판하는 동독 지식인에 의해 촉발되었다. 그들의 본래적 목표는 동독 호네커 정권이 추진했던 사회주의 개혁에 대한 비판이었다. 호네커 정권의 사회주의 경제 개혁의 실패와 함께 베이징 민주화 운동(천안문 사태)을 강경 진압한 중국 정권에 대한 지지 표명은 동독민의 반발을 불러일으켰다. 이에 동독 지식인은 '주권자 국민'을 내세우는 민주주의 혁명을 추구했다. 소설에서 클라우스가 주창하는 "오늘 내리는 눈과 함께하는 공화국"(61쪽)은 당시 이러한 활동을 상징

하는 '데모크라티 예츠트(Democratie Jetsz, 즉시 민주주의)'와 같은 민주주의 조직을 참고한 것으로 추정된다. 이들은 '민주적 사회주의'라는 억압적 체제로부터의 혁명을 선결해야 할 과제로 삼았으므로 통일 자체는 물론이거니와 서독 자본주의에 흡수되는 통일을 반길 수 없었다. 그러나 '국민'이라는 구호는 '민족'을 중심으로 한 통일의 목소리로 변질되면서 동독 혁명은 그 본래적 의미인 '민주적 사회주의'를 이룩하지 못한 채 통일된다. 클라우스와 같은 동독 지식인은 이러한 혁명의 패배 속에서 서독에 자리 잡게 된 것이다.*

이러한 클라우스의 서사는 3차 남북정상회담 이후 한국 내 통일 문제와 연결된다.

제일 중요한 건 통일보다 평화가 먼저라는 것이지요.

* 참고자료 : 최승완, 『동독민 이주사 1949~1989』, 서해문집, 2019. 이해영, 『독일은 통일되지 않았다』, 푸른숲, 2000. 김누리, 「독일통일과 지식인」, 『역사비평』, 2001.

통일의 모습, 방법은 여러 가지가 있습니다. 흡수, 무력, 사회적 합의에 의한 통일. 과거에는 흡수통일 프레임을 가장 많이 떠올렸지요. 붕괴된 북한에 개입해서 우리 식 정치·경제·문화를 정착시키는 것. 그런데 그런 식으로 접수될 나라가 아닙니다. 북한을 있는 그대로 보고, 신뢰를 구축하는 것이 중요하지요. (중략)

자꾸 진의를 의심하는 것보단 믿어보고 협상을 해봐도 되지 않나 싶어요. 한국의 보수층에서도 이건 위장 평화공세 아니냐, 라고 하는데, 북한을 보는 시각을 새롭게 할 필요가 있어요. (97-98쪽)

"3차 남북정상회담의 성공 이후에 '남북 데탕트'라는 워딩은 언제 사용해도 적합해 보였다"(10쪽)는 구절을 참고할 때 우정이 놓여 있는 한국적 현실은 제3차 남북정상회담이 있었던 2018년 9월 이후일 것이다. 2010년대 후반 한국 내 통일 문제를 중심으로 소설을 살필 때 '신뢰'는 중요한 키워드이다. 남한이 북한의 진의를 의심하지 않고 일단 신뢰하는 방식을 통해 토지의 합일이 아닌 '평화통일'을 기대해볼 수 있다는 위의 내용을 참고해보자. '일단 신뢰하기'가 어떤 방식으로 이루어질 수 있는가 하는 질문에 우정의 '쓰기' 행위는 하나의 답변이 된다. 우정은 자신의 '쓰기'에 "문청"의 감수성을 투영하는 이모나 최 교수를 결국에는 납득할 수 없고 소설을 쓰는 내내 클라우스를 완전히 이해할 수 없으면서도 그들과 관계된 '쓰기'를 시도한다. 이에 이모와 클라우스로 대변되는 통독 및 동독 지식인의 문제는 우정의 '쓰기'에 이르러 한국적 상황과 겹쳐진다. 우정의 글쓰기는 '타인의 관점 되어보기'를 적극적으로 수행하는 실천적 행위라 볼 수 있고 이는 평화통일의 기치와도 무관하지 않다는 점에서 '실천적 문학 행위'이기도 하다.

쓰기 1—논문과 대학원

실천적 행위가 사회·정치적인 의미를 내포함과 동시에 사회 변혁에 기여하는 것을 일컫는다고 할 때 '쓰기'는 어떻게 실천성을 드러낼 수 있을까. 소설에서 드러나는 우정의 두 가지 '쓰기' 중 하나인 '논문 쓰기'는 학술적 글쓰기를 둘러싼 대학원이라는 공간이 함의하는 사회적 역할을 비판적으로 재검토하게 한다는 점에서 실천적 행위 요소라 할 수 있다.

우정은 대학원 석사과정 재학 내내 "순전히 대학원생이 되었다는 까닭만으로 가난해져야 했다"(14-15쪽)고 기술한다. 그런 그녀에게 외국어과 교수들의 제1세계 유학 시절의 고됨은 현재 우정의 가난과 견줄 수 없다고 여겨진다. "그들과 나의 배경은 다르며, 그들이 자랑스러운 장자로서 집안의 적극적인 지지와 후원을 받아 유학을 갔던 1980년대와 지금은 역시 다르"(15쪽)기 때문이다—이러한 '조금 다름'의 감각은 '쓰기'의 문제와 관련하여 내내 중요한 포인트가 됨을 기억해두기로 하자—. 비슷하지만 동일하지 않은 가난의 감각 및 대학원 생활의 경험적 유사성에도 불구하고 우정과 교수들의 '다른 입장'은 우정의 '논문 쓰기'를 중심으로 터져 나온다.

이상적인 지성(인)의 장이라 할 수 있는 대학에서 어떤 일이 벌어지는지 보라. 학위를 받기 위해서만이 아니라 지성인으로 발돋움하는 절차라는 의미에서 대학원에서 자격을 획득하는 일은 물론 중요하다. 자격 획득과 그 절차에 대해 같은 전제를 공유하고 있음에도 공부의 성과와 성실성을 확인하는 공개발표 자리에서 교수가 확인하고 싶은 것은 지식인의 자격만이 아닌 듯하다. '논문 쓰기'에 대한 우정, 장 교수, 최 교수의 관점은 조금 다른데, 특히 장 교수는 우정의 논문에 극단적으로 반발한다. 우정이 브레히트의 번역되지 않은 논문으로 '문화 실천과 기능 전환'을 주제로 삼아 자신의 학술적 글쓰기를 메타적 실천 행위로 드러내고 있음에 비해 장 교수의 관심은 그것을 확인하는 데 있지 않다. "독일어를 모르는 한국 문학 전공생이 어떻게 브레히트의 번역되지 않은 저작을 이론적 토대로 논문을 쓸 수 있었느냐"(45쪽)는 장 교수의 지적 자체는 무용하지 않다. 이는 전문성을 보증하지 못하는 실력으로 인용된 중심 자료 해석이 옳겠느냐는 물음에 가까울 것이다. 그러나 이어지는 "정우정, 최 교수와 무슨 관계이길래 이따위 논문을 발표하고도 졸업 예정자란 말인가?"(87쪽)라는 장 교수의 발언은 자신이 뱉은 바로 앞 질문의 학술적 차원의 의문의 정당성을 스스로 무효화할 뿐만 아니라 '지식인' 또는 '지식 공간'의 실효성을 의심케 한다.

논문의 내용 및 이 논문을 쓰기의 행위가 '실천하는 지식인'의 가치를 반영하는 일임을 고려한다면 논문의 저자가 브레히트의 문제의식을 얼마나 자기 가까이에서 살피고자 했는지를 검토하고자 했는지가 평가의 핵심이 되어야 마땅하다. 그러나 '평가'를 위시하여 타인에게 모멸을 주고 그로부터 자신의 체면 및 우월감을 획득하고자 하는 것이 '이 시대 지식인'이 수행하는 일이라면 '실천하는 것으로서의 문학'과 지식인 및 지성의 장에 우리는 무엇을 기대할 수 있을까. 더불어 졸업 이후 학내 성폭력 교수 고발이 이어졌다는 서술을 떠올려보자. 소설에 삽입된 대학원 사회의 기묘한 모습은 '논문 쓰기'로 드러나는 본질적 학술 행위가 지식의 최전선에 있다고 여겨지는 대학원이라는 공간에서 어떤 방식으로 이용되는지를 보여준다. 이로써 소설은 '실천적 지식'을 어떻게 행할 수 있는지에 대한 비판적 검토를 수행하도록 만든다.

이는 제도적 완성이 이해나 신뢰 관계의 구축을 전제함에도 불구하고 실제로 그런 방식으로만 확충되는 것은 아님을 떠올리게 한다는 점에서 클라우스로 드러나는 독일 통일의 서사와 교차된다. 압제적으로 요구되는 제도적 통합은 좌절과 적응 속에서 갈등하는 클라우스와 우정과 같은 균열적 존재를 만들어낼 수밖에 없다. 그러나 제도가 내부적으로 완전한 합의에 의해 마련되어야 함에도 때때로 불완전하게 취해질 수밖에 없다면, 각자의 미묘한 '다름'의 기류를 없는 듯이 치부해서는 곤란함을 기억해야 한다.

쓰기 2—소설과 문학 행위

'논문 쓰기'가 제도적 동일성을 요구함으로써

'조금 다름'을 무화시키는 모습을 드러냈다면 '소설 쓰기'는 문청이라는 동일시가 끝내 '우리는 조금 다르다'는 비동일성을 강조하는 쪽으로 현시되면서 문학의 실천성을 드러낸다. 최 교수는 우정이 소설을 쓴다는 사실을 고려하여 그녀의 논문 쓰기를 평가하는 인물이다. 우정에 대한 최 교수의 시선은 통일과 관련한 소설을 써보면 좋겠다던 이모와 마찬가지로 우정에게는 철모르는 '한때 문청'의 낭만으로 느껴진다. 클라우스에 대한 우정의 '소설 쓰기'는 이모와 클라우스의 관계를 적시摘示하는 정도로 다뤄진다. '논문 쓰기'가 '쓰기 행위'로서 의미를 획득하듯 동독 지식인에 대한 '소설 쓰기' 역시 소설의 내용보다는 행위 자체의 문학적 실천의 의미를 지닌다. '문청'이라는 키워드는 이러한 층위에서 살펴질 수 있다.

> 내가 만약 등단한 소설가가 아니었다면 최 교수의 신임을 받을 수 있었을까? 최 교수 자신이 한때 희곡을 습작하던 문청이 아니었다면 내게 관심이라도 가졌을까? 최 교수는 나를 연구자 제

자로 인정한 게 아니라 **자신이 과거에 저버린 문청의 환영으로 여기고 있는 게 아닐까?** (강조-인용자, 59쪽)

도서관에 앉아 있다 불쑥불쑥 지난 논문심사 현장이 생각났다. 장 교수의 말이 떠오르면 펜을 부러질 듯 쥐었고, 소설을 쓴다는 것이 마치 키를 쓰고 있는 오줌싸개로 보였으리라는 사실을 덤덤히 인정해야 했다. 왜 대다수의 사람들이 창작을 경멸하거나 창작을 궁정풍 사랑하듯 숭배하는 것일까, 란 새삼스러운 고민에 빠지기도 했고 최 교수와 이모에게 창작이란 뭐였을까, 궁금해지기도 했다. (71쪽)

유학 시절 함께 희곡을 썼던 '문청' 경희의 모습을 기억하는 최 교수는 "경희의 조카"(60쪽)를 운운하며 마찬가지로 한때 문청이었던 자신의 모습을 우정에게 투영한다. 그런 그의 모습에서 우정이 창작에 대한 세간의 숭배에 대한 의구심을 드러내며 '한때 문청'에게 문학이 무엇이었을지

궁금해하는 것은 어쩌면 당연하다. 그들이 문청 감수성을 자신에게 투영하는 것을 우정이 이해할 수 없음과 별개로 그들이 그러한 낭만을 투영하는 것이 비판받을 일은 아니다. 이는 '문청'을 무어라 이해하냐에 달려 있다. '문학청년'에서 '청년'은 젊음의 시기만을 의미하지 않는다. 그것은 자기를 둘러싼 국내외적인 정치·사회적 문제가 우리의 삶을 어떤 방식으로 이끌어가고자 하는지를 날카롭게 포착하고, 더 나은 사회를 만들기 위해 목소리를 낼 각오가 되어 있으며 행동으로 실천하고자 했던 마음을 가졌던 시절을 말한다. 이때 행동과 실천은 '문학 하기'로 드러난다. 물론 오늘날 그들은 더 이상 생물학적 청년이 아니고 현재의 사회/정치적 사태를 마주함에 있어 이전만큼 예리하지 않을 수 있다. 그럼에도 '그때와 같이, 그때에 이어, 그때와는 다르지만' 하는 여전한 문청의 감수성이 젊은 연구자 또는 젊은 작가에게 포개어져 (어쩌면 언제나 미완일 수밖에 없는) 혁명적 태도를 보여주기를 바라는 것이 지나친 기대는 아니다.

이에 '문청'을 전세대와 현세대의 교섭점으로 볼 수 있다면 최 교수/이모의 희곡 쓰기 그리고 우정의 클라우스에 대한 소설 쓰기는 다음과 같은 의미를 얻는다. 최 교수/이모의 창작은 독일 통일 당시 민족주의에 대한 경계와 더불어 미국발 자본주의 침식에 대한 우려이자 좌파 지식인이 문학에 기대하는 '소설의 실천적 기능'에 대한 것으로, 문학의 사회적 영향력을 생각하도록 만든다. 한편 우정의 소설 쓰기는 타인을 이해하는 시도로서의 쓰기이다. 우정은 클라우스에 대한 소설을 쓰고자 몇 번이나 시도하고 또 실패한다. 그녀는 '입양아'라는 클라우스의 역사를 고려하는 동시에 혁명의 좌절을 견디지 못하고 이모를 떠나버린 동독 지식인의 마음을 이해하기 위해 분투한다. 그 노력의 결과를 보장할 수 없을 우정의 소설 쓰기는 당대를 경험하지 못했다는 한계를 안으면서도 그때 그들의 마음을 헤아리려는 행위로 드러난다. 타인의 삶을 자기 가까이로 끌어오고자 하는 시도로서 '소설 쓰기'인 것이다. 이러한 측면에서 우정의 글쓰기는 이른바 정치성을 전면에 드러내지 않을지라도 문학이 어떠한 방식으로 '우리의 문제'를 현시화하는가 하는 점에서 최 교수/이모의 '희곡 쓰기'와 맞닿고, 또 완전하게 맞물리지는 않는다. 그들이 어떤 문청 감수성을 투과시키려 했든지 간에 우정의 '쓰기'는 '문청 감수성'을 이해해보고자 하는—이해할 수 없는 것에 대한 실천적 행위라 할 수 있을—실천적 앎이기 때문이다.

우정의 '소설 쓰기'가 1990년대 독일과 2010년대 후반의 한국적 맥락을 한데 모으는 기능을 함에 다시금 강조되는 것은 '조금 다름'의 층위이다. 가령 대학원의 기업화를 비판하며 "동독 사람들이 그런 심정"(28쪽)이었을 거라고 말했던 한 교수의 말은 반자본주의라는 측면에서 독일의 그것과 유사하면서도 완전히 동일시될 수 없다. 정확히 말해 대학의 사기업화를 우려하는 한국 지식인과, 독일이 자본주의에 침식당하는 것을 우려하는 동독 지식인의 포지션이 유사성을 띠면서도 완전히 겹쳐지지는 않는다는 것이다. 교수 사회의 태만(논문 발표장의 사건, 날인 과정에서의 강짜)과 기만적 태도(성폭력 및 그에 대한 방관)는 지식의 최전선에서 벌어지는 '지식인 사회'의 허구성을 드러낸다는 점에서 동독 지식인의 혁명 실패와 겹쳐지지만 그들과는 '조금 다른' 비윤리성을 드러내고 있음을 놓치지 말아야 한다.

「서독 이모」라는 소설 쓰기와 실천적 문학 행위

최 교수의 연구실을 나오기 직전, 나는 그에게 따져 물었다. 지금도 그 논문 때문에 마음이 괴롭다고. 왜 깜냥이 안 되는 나를 졸업시키려 애쓰셨냐고. 최 교수는 그때나 지금이나 우정이가 함량 미달이라는 생각을 해본 적 없으며, 그 인간 말종인 장 교수의 악담 때문에 그러는 거라면 봐라, 지금 그 인간의 실상이 드러났잖니, 라며 앞뒤가 안 맞는 말을 했다. **나는 그날의 악담과 지금의 고발은 서로 다른 차원의 일이라고 대꾸하려다가 그만두었다.** 대자보에서 장 교수의 이름을 발견했을 때, 내심 다행이라고 생각했던, 그런 울혈 진

마음이 내게는 없었나, 생각해보면 자신이 없었다. (강조-인용자, 101-102쪽)

우정은 장 교수의 "악담"과 현재 고발된 그의 성폭력 문제를 뭉뚱그리는 최 교수의 나이브한 시선에 비판적이지만 심정적으로나마 그것을 이해하기를 그만두지는 않는다. 다만 그녀는 그것이 "서로 다른 차원의 일"임을 생각한다. 그것은 '조금 다른 것'이다. 비슷한 윤리 의식과 혁명적인 감수성을 공유하고 실천적 행위로서 논문을 쓰거나 문학을 하고, 또는 '문청의 꿈'을 후대에 투영시키면서 '지성의 빛'이 꺼지지 않도록 독려하는 것은 의미가 있다. 그럼에도 그것이 "서로 다른 차원의 일"(102쪽)이기도 하다는 것은 사소하지 않다. 그들이 소설과 문학에 투영하는 문청 감수성으로서 '실천 행위로서의 문학'의 자리는 그때와 지금이 다르다. 우정이 동독 지식인의 삶의 문제를, 이모의 심정을, 한국과 비슷한 상황에서 비슷한 맥락으로 이해해보려고 하지만 그들을 완전하게 헤아릴 수 없는 것도 마찬가지다. 그러나

'완전히 이해할 수는 없음'을 안고서 계속 소설을 쓰며 우정은 그들에 대해 생각한다. 문학의 실천적 기능이란 '이론적 앎'이 아닌 '깨우침으로서의 앎'에 있는 것은 아닐까. 교수들이 동독과 현재 대학의 현실을 겹쳐놓듯, 최 교수가 자기의 과거와 우정의 작품 쓰기를 겹쳐놓듯.

상황과 감수성의 유사성으로 형성되는 교차점을 보는 것은 중요하다. 그러나 동일한 반복은 없다. 우리는 '비슷한' 감각으로 서로에게 투영하는 자기의 (부분적으로 낭만화되어 반복되는 듯 보이는) 혁명적 열망 또는 지식인으로서의 사회적 책무를 보는 것과 동시에 서로의 '작은 차이'에 기민하게 반응해야 한다. 나와 타인의 조금 다른 감각을 사려 깊게 보아야 한다. 대충 보아서는 안 되고, 한 번 겪었던 것이므로 다 안다고 생각해서는 안 되며, 계속해서 모르게 되는 것이 있음을 언제나 염두에 두면서 자기가 만들어놓은 접점에 대해 고민해야 한다.

이제 우정의 '쓰기'는 『서독 이모』를 쓰는 작가의 행위로 확장된다. 우정의 쓰기가 어떤 동일성과 차이를 직접 겪어내며 만들어낸 결과물이었다면, 『서독 이모』는 그것에 대한 드라마투르기로서 우정의 경험과 소설 바깥의 현실을 연결하는 동시에 미묘한 쓰기의 차이를 소설의 존재 자체로 보여준다. 우정은 「동맹」을 쓰는 것을 그만두었지만 박민정은 이 소설을 우정의 '씀'과 '쓸 수 없음'으로서 끝끝내 적어냈다는 차이에 모쪼록 주목했으면 한다. 이러한 쓰기의 행위가 이 글을 읽을 독자에게 가닿아 또 다른 비평적 의식을 낳을 때 『서독 이모』는 비로소 실천적 문학 행위로 거듭날 것이므로.

작가의 말

20대에 나는 고결함이라는 것에 대해 자주 생각했던 것 같다. 그것은 정우정이 내다보는 모습, 1989년 서독에서 논문을 쓰는 이모의 모습 같은 것이었다. 비탈길에 자리한 대학 건물에서, 그 낡고 작은 창문 너머로 소박한 옷 입고 공부를 할 수만 있다면, 하고 오랫동안 바랐던 때도 있었다. 일상이 누추하더라도 고결한 자의 도도한 태도만을 간직할 수 있다면, 누구도 나를 건드릴 수 없으리라, 훼손할 수 없으리라. 그 믿음이 세간의 난잡함을 때론 거짓으로 버티게 했다.

여전히 그렇지만, 아무도 읽어주지 않을 것 같은 글을 붙들고 방구석에 처박히는 일은 힘겨웠다. 정우정 시절에 나는 낙도 없었고, 한없이 가난했다. 그리고 언젠가 내가 조금이나마 나아지게 되면, 바로 이런 식의 글, 그땐 그렇게 우울하고 힘들었노라, 마치 지난한 청춘을 혼자서만 버텨왔다는 듯 회고하는 글을 쓰게 될까봐 두려웠다. 그렇게 자기 슬픔을 너무 오랫동안 바라보는 사람이 될까봐.

그러나 썼다. 일상의 위협보다는 더 먼 곳을 대상화하며, 가령 1989년의 동독혁명 같은 것을 바라보던 정우정처럼. 현실의 드라마투르기는 누추하나마 이상으로 바뀐다. 어떤 일이 있어도 훼손되지 않을 고결함 같은 것을, 아직은 꿈꾸고 있다.

“이런 날씨라면 자살하거나 소설을 쓰거나 둘 중 하나여야만 할 것 같은데”란 말을 우중충한 파리의 빌라에서 건네준 친구에게, 사랑이 불구가 아님을 처음으로 깨닫게 해준 국로에게, 그리고 부모님에게 변치 않을 깊은 감사를 드린다.

서독 이모

지은이 박민정
펴낸이 김영정

초판 1쇄 펴낸날 2019년 12월 25일

펴낸곳 (주)현대문학
등록번호 제1-452호
주소 06532 서울시 서초구 신반포로 321(잠원동, 미래엔)
전화 02-2017-0280
팩스 02-516-5433
홈페이지 www.hdmh.co.kr

ISBN 978-89-7275-145-8 04810
978-89-7275-889-1 (세트)

* 책값은 뒤표지에 있습니다.
* 이 도서의 국립중앙도서관 출판예정도서목록(CIP)은 서지정보유통지원시스템 홈페이지(http://seoji.nl.go.kr)와 국가자료공동목록시스템(http://www/nl/go/kr/kolisnet)에서 이용하실 수 있습니다.
(CIP제어번호: CIP2019051209)